COLLECTION
LITTÉRATURE JEUNESSE

DIRIGÉE PAR MICHÈLE MARINEAU

L'ÉTÉ DES BALEINES

à Jean-François —

la conclusion de
l'histoire de Cass,
Marek, la mer,
l'été ... et les
autres —

Bonne lecture !
Michèle Marineau
nov. 89

Données de catalogage avant publication (Canada)

Marineau, Michèle, 1955-

L'été des baleines
Pour les jeunes de 14 ans et plus.

ISBN 2-89037-478-5

I. Titre.
PS8576.A74E83 1989 jC843'.54 C89-096343-6
PS9576.A74E83 1989
PZ23.M37Et 1989

Dépôt légal:
3e trimestre 1989
Bibliothèque nationale du Québec
Bibliothèque nationale du Canada
ISBN 2-89037-478-5

L'ÉTÉ DES BALEINES

MICHÈLE MARINEAU

ROMAN

ÉDITIONS QUÉBEC/AMÉRIQUE

425, rue Saint-Jean-Baptiste,
Montréal, Québec H2Y 2Z7
(514) 393-1450

Du même auteur

Cassiopée ou l'été polonais, Montréal, Québec/Amérique, 1988, Prix du Gouverneur général.

Remerciements

Je voudrais remercier ici le Conseil des Arts du Canada, dont l'aide financière a rendu possible l'écriture de *L'Été des baleines*. Je remercie également Martine Bérubé et Richard Sears, de la Station de recherche des îles Mingan, qui ont eu la gentillesse de répondre à mes questions – et qui m'ont appris l'existence (réelle) de la baleine Cassiopée.

*À Charles,
pour la vie partagée
jour après jour*

On s'est connus
On s'est reconnus
On s'est perdus de vue
On s'est r'perdus de vue
On s'est retrouvés
On s'est réchauffés
Puis on s'est séparés

(«Le Tourbillon», de
Cyrus Bessiak, interprété par
Jeanne Moreau dans le film
Jules et Jim, de François Truffaut)

Chapitre 1

l'hiver nous retire
vers la mémoire

Marie Uguay
Signe et Rumeur

Le 31 décembre. Le dernier jour de l'année. Le jour des bilans et des bonnes résolutions.

Il est vingt heures. Amélie dort déjà, la maison est trop silencieuse, et j'ai quatre longues heures à tuer (bang!) avant le coup de téléphone de Marek.

Alors je reprends mon journal, auquel je n'ai pas touché depuis cinq mois. Depuis mon séjour au bord de la mer. Depuis ce que j'ai appelé mon été polonais.

*
* *

Je suis revenue à Montréal complètement euphorique, débordante d'énergie et d'amour pour Marek.

Les premières semaines, je parlais de lui à tout propos et à tout le monde, et surtout à ma mère et à Jacques, son nouvel amour, que j'ai enfin appris à accepter et même à apprécier. (Heureusement pour moi, d'ailleurs, car Jacques est dans le décor pour longtemps, si je me fie aux derniers développements: lui et maman se sont mariés il y a cinq jours, le lendemain de Noël, et ils sont présentement en voyage de noces quelque part dans le Sud. Ce qui est drôle, c'est que, de leur côté, papa et Patricia sont eux aussi dans le Sud – mais pas le même – pendant que je garde Amélie, leur fille et ma presque sœur, qui a eu deux ans il y a deux semaines...)

Les premières semaines, donc, je ne pensais qu'à Marek. J'écrivais son nom sur des petits bouts de papier, dans les marges de mes livres, dans mes cahiers. Et je me le répétais à m'en étourdir. Marek, Marek, Marek. En appuyant bien sur la première syllabe et en roulant un peu le r. Marek. Je le répétais, je le savourais, je le roulais longtemps dans ma bouche avant de le laisser tomber, beau, sonore et exotique. Marek.

Mon amour me remplissait, me couvrait, et rien ne pouvait m'atteindre. Ni les reproches de mon père, qui persistait à qualifier de «fugue» mon escapade à New York et qui me trouvait trop jeune pour être amoureuse. Ni les questions indiscrètes que se permettaient certaines personnes de mon entourage. Ni les noires prédictions de ma tante Pauline, qui prend un malin plaisir à déprimer tout le monde et qui m'assommait de ses vérités en forme de proverbes, du style «Loin des yeux, loin du cœur» ou «Amour d'été, amour vite oublié».

J'étais tellement heureuse que j'ai recommencé l'école avec enthousiasme (!) et que je me suis lancée dans des activités auxquelles je n'aurais même pas osé rêver l'année dernière: le club de lecture, le journal (pas un journal de foyer ou de secondaire IV, non, un journal *d'école*, avec plein de gens que je ne connaissais pas et parmi lesquels, ma foi, je me sens presque à l'aise!)...

*
* *

Fin septembre, mon enthousiasme a commencé à fléchir.

Marek était loin, les journées étaient longues, et moi, j'en avais assez de répondre (ou de ne pas répondre) aux questions de tous ceux qui voulaient savoir ce qui s'était passé avec Marek, ce qui ne s'était pas passé, ce qui allait se passer... Avec détails, de préférence. En fait, ce qu'ils voulaient surtout savoir, c'était si, oui ou non, on avait fait l'amour. Et ça, désolée, mais je n'avais pas du tout envie d'en parler. Pas envie d'expliquer, de justifier, d'excuser... Pas envie, selon les cas, de passer pour une sainte, ou une dévergondée, ou une niaiseuse...

Non, Marek et moi, nous n'avons pas fait l'amour. Pas pour de belles raisons philosophiques ou morales, mais, tout simplement, parce que tout s'est passé très vite, trop vite pour une Cassiopée habituée à prendre son temps, à hésiter, à se poser des questions. Il fallait que je me fasse à l'idée toute neuve d'être en amour, d'être bien avec un garçon, de me sentir proche et en confiance. Disons que j'ai eu besoin de me dénuder la tête et le cœur avant de dénuder le restant...

C'est comme ça. Je ne dis pas que je ne le regrette pas parfois, des jours comme aujourd'hui, par exemple, où Marek me semble affreusement lointain et inaccessible. Ces jours-là, je me trouve stupide de ne pas «l'avoir fait». Je me dis que je ne suis qu'une peureuse, une lâche qui refuse de voir la réalité en face et qui se rassure avec de belles excuses qui ne trompent personne, sauf elle-même.

Les autres jours (qui sont quand même les plus nombreux, heureusement!), je suis bien contente que les choses se soient passées comme elles se sont passées, et j'attends avec un peu de crainte et beaucoup d'espoir le jour où, dans des circonstances favorables, Marek et moi...

C'est Suzie qui a ri quand je lui ai parlé de mes «circonstances favorables».

Elle a ri, oui, mais pas méchamment. Je ne sais pas si ça va durer, mais on dirait qu'on s'est retrouvées, toutes les deux, après nos chicanes de l'année dernière. Je ne sais pas si c'est encore ma «meilleure amie», mais on peut à nouveau se parler et se comprendre. Ce qui ne l'empêche pas de rire de moi. De toute façon, Suzie ne serait pas Suzie si elle ne riait pas un peu de moi et de mes idées «dépassées», comme elle dit. Elle pense que j'ai été marquée par mes lectures de jeunesse, autrement dit par les livres de ma mère qui datent d'il y a trente ans et où tout est beau, intense et très pur.

«Ça vous prend quoi, au juste?» m'a-t-elle susurré avec son air faussement angélique. «Un lit à baldaquin, une île déserte, un petit air de violon, des draps noirs semés d'étoiles? Ou encore une voix tombée du ciel qui vous dit: "Ça y est..."?»

(C'est qu'elle est drôle, Suzie, quand elle s'y met...)

*
* *

J'ai donc fini par en avoir assez des questions, des «Oh!», des «Ah!», des «Comme ça, t'es en amour...»

Et, peu à peu, mon rôle d'amoureuse esseulée s'est aussi mis à me peser.

Marek et moi, on s'écrit, oui, mais des lettres (même nombreuses et enflammées), ça ne remplace pas une présence, des mains, une voix, un sourire...

Quant au téléphone, c'est encore pire. Trop court, frustrant, presque banal («Comment ça va?» «Ça va. Et toi?» «Ça va.»). Et cher. Alors on a décidé de réserver le téléphone aux occasions vraiment spéciales. Par exemple, ce soir, à minuit, pour la fin de cette année et le début de l'autre.

Il reste encore deux heures à passer, avant ce fameux appel, et je commence à trouver le temps long. Je commence aussi à regretter notre décision de ne pas nous voir pendant les vacances de Noël. Sur le coup, quand Marek a proposé ça, j'ai trouvé que c'était une bonne idée. Il faut dire que l'idée en question venait après notre rencontre ratée du mois d'octobre, et que j'étais prête à tout pour éviter que ne se reproduise un pareil désastre.

Ça avait pourtant bien commencé, cette fin de semaine où je me suis rendue à New York pour assister au premier concert «professionnel» de Sophie.

J'étais folle de joie de revoir enfin les Kupczynski, mes Polonais préférés (et surtout Marek, mon Kupczynski préféré). Le trajet en avion avait été rapide et agréable. Le concert avait été un triomphe. Jusque-là, tout allait pour le mieux.

C'est le lendemain que ça s'est gâté. Quand, après le concert, après l'euphorie du triomphe et des commentaires élogieux, tout le monde s'est retrouvé à plat. Désœuvré, désorienté, sans énergie et sans goût pour rien. Un peu comme au début des vacances, après le *rush* des examens, quand on se dit qu'on devrait être heureux, plein d'enthousiasme et de projets, mais qu'on se sent juste vidé. Vidé et vide. Amorphe, apathique, veule,...

(complétez la ligne avec le plus de synonymes possible).

J'aurais voulu passer une partie de la fin de semaine seule avec Marek, loin des autres, mais, finalement, ça ne s'est pas fait. J'ai eu l'impression qu'il n'en avait pas vraiment envie, et je n'ai pas insisté. J'ai fait une petite entrevue avec Sophie pour le journal de l'école, j'ai tourné en rond dans la maison de la rue Ovington, j'ai vaguement participé aux vagues conversations qui naissaient de temps en temps avant de finir en queue de poisson, j'ai grignoté des tas de cochonneries. Et, le soir venu, j'ai pris avec soulagement l'avion pour Montréal.

Quoi? Moi, soulagée de quitter les Kupczynski? Soulagée de m'éloigner de Marek? Ce n'était pas possible!

Mais qu'est-ce qui s'était passé? Pourquoi cette froideur de la part de Marek? Qu'est-ce que j'avais fait, qu'est-ce que j'avais dit pour lui déplaire? Qu'est-ce que j'aurais pu faire pour arranger les choses?

J'ai passé une semaine misérable, à ressasser ces questions et à me demander si la magie de l'été n'avait été que ça, une magie, un rêve, un beau rêve qu'il valait mieux ne pas tenter de prolonger. À me demander si, finalement, ma tante Pauline n'avait pas raison... «Amour d'été, amour vite oublié.»

Et puis la lettre de Marek est arrivée.

Je voudrais te dire de tout effacer, mais je sais bien qu'on n'efface rien. Alors je vais essayer d'expliquer. Comme si on pouvait tout expliquer...

Le souvenir d'Hélène, qui s'est collé à nous tout le week-end, obsédant, exigeant, et tellement triste. La vie est peut-être injuste, Cass, mais la mort l'est encore plus. Injuste et mesquine. Jamais je ne m'en étais rendu compte à ce point.

Je ne t'ai pas beaucoup parlé d'Hélène, sauf la toute première fois, dans l'île, dans ton coin secret. Tu te souviens? J'ai du mal à en parler. J'ai mal d'en parler. Même cette façon que j'ai de l'appeler «Hélène». Jamais je ne l'ai appelée comme ça, avant... Je l'appelais «maman». Je parlais d'elle en disant «ma mère». En mourant, elle est devenue «Hélène». Impersonnelle. Détachée. Quand je dis «Hélène», j'ai moins peur d'éclater en sanglots que si je disais «ma mère». Ou «maman». Ma-man. Tu vois, rien que de l'écrire...

Alors il y avait Hélène. Hélène absente. Hélène qui n'aura jamais vu Sophie triompher sur une scène.

Et puis il y avait toi et moi. Et les autres. Les autres, surtout. Les autres qui m'encombraient. Les autres qui ne semblaient être là que pour surveiller nos faits et gestes. J'aurais voulu t'avoir pour moi tout seul, et je ne t'avais pas pour moi tout seul. Toutes les minutes que tu consacrais aux autres, à Sophie, à Andrzej, à ce qui s'appelle la vie familiale et sociale, j'avais l'impression qu'elles m'étaient volées. Et je t'en ai voulu, même si tu n'y étais pour rien.

Avant ce week-end, je m'étais dit qu'on pourrait se voir, pendant les vacances de Noël. Mais ça ne m'intéresse plus. Je ne veux plus de ces rencontres étriquées, de ces minutes d'intimité grugées ici et là. Je ne veux pas qu'on en soit réduits à se peloter au cinéma ou à ne pouvoir se parler, vraiment se parler, qu'attablés devant deux Big Mac.

J'ai donc une proposition à te faire (malhonnête, comme tu vas le voir). On ne se *voit pas avant l'été (je sais, pour moi aussi c'est long, neuf mois). Et, à l'été, on se voit, mais alors là pour de bon. Deux semaines, un mois, deux mois, le plus longtemps possible, mais seuls. Toi et moi. En tête à tête. Sam na sam, comme on dit en polonais. Il arrivera ce qu'il arrivera (et que je voudrais bien qu'il arrive — je t'avais dit que ma proposition était malhonnête).*

Qu'en penses-tu? Réponds-moi vite, avant que je me transforme en bête furieuse, folle de rage, de jalousie et de désirs non assouvis.

Regarde bien autour de toi. Il n'y a personne? Personne, personne? Tu en es sûre? Alors je t'embrasse, Cass (ça rime!). Très lentement.

Le soulagement, oh! le soulagement que m'a apporté cette lettre! J'en ai ri et pleuré en même temps. Et je me suis empressée d'acquiescer à sa proposition.

Mais, ce soir, je nous trouve juste ridicules d'avoir ainsi repoussé l'occasion de nous voir. Ce soir, je suis juste loin, et seule, et triste.

J'en ai assez d'être à Montréal quand Marek est à New York. J'en ai assez de notre amour par correspondance, de ces mots que nous nous lançons à défaut de nous toucher, de ces mots auxquels il manque une voix, un sourire, un corps. J'en ai assez d'attendre.

Je ne fais que ça, attendre. Attendre le téléphone de Marek, attendre les lettres de Marek, attendre l'été pour voir Marek.

C'est comme si ma vie était coupée en deux. D'un côté, un grand bloc gris et triste. De l'autre, une toute petite tranche de couleurs et de vie. Comme si j'avais été mise à l'écart en attendant l'été. En attendant la vie. Mais je ne veux pas vivre «en attendant»!

Quand l'absence de Marek se fait ainsi aiguë, lourde et perçante à la fois, quand je n'en peux plus de silence et de caresses non partagées, je me sens devenir... pas folle, non, quand même pas, mais incohérente, un peu floue, un peu perdue. Il me manque le poids d'une main sur ma nuque, le poids d'un regard sur moi. Alors, le soir, dans mon lit, j'essaie de me prouver que j'ai encore un corps. Je touche mon visage, mes hanches, mes seins. Je me caresse doucement, en essayant d'imaginer que c'est Marek qui est là. Mais je suis toute seule, et je finis toujours par me retrouver encore plus seule, plus triste, et un peu honteuse de ce plaisir que j'ai essayé de recréer sans Marek et qui me laisse toujours sur ma faim.

Chapitre 2

J'ai eu longtemps un visage inutile,
Mais maintenant
J'ai un visage pour être aimé,
J'ai un visage pour être heureux.

C'est maman qui, pour Noël, m'a donné
des livres de Paul Éluard. Dans sa carte, elle
a écrit: «Les poèmes d'Éluard sont beaux
partout et en tout temps, mais peut-être encore plus quand on a quinze ans et qu'on est
amoureuse. Joyeux Noël, ma grande, et que
l'année qui vient soit aussi belle que tes
rêves les plus beaux.»

Et la nuit dernière, après le téléphone de Marek, au plus profond de cet état bizarre dans lequel m'avait plongée ce téléphone (désarroi, nostalgie, sentiment de proximité, goût d'une plus grande proximité), j'ai commencé à les feuilleter, ces livres, d'abord distraitement, puis avec une émotion un peu fiévreuse.

Cet homme-là a su mettre des mots (et quels mots!) sur ce que je ressens. Il a su dire toutes ces choses que je comprends mal et qui me mettent tout à l'envers.

«J'ai eu longtemps un visage inutile.» Voilà ce que j'aurais pu dire, hier, quand je disais que, loin de Marek, je me sens devenir floue, incohérente. J'aurais aussi pu dire inconsistante ou invisible. «Un visage inutile.» C'est exactement ça.

Et les textes d'Éluard sont pleins de ces phrases qui vont droit au cœur, droit au ventre. Celle-ci, par exemple: «J'étais loin j'avais faim j'avais soif d'un contact» Ou encore ces lignes, qui parlent d'attente, et qui en parlent comme de mon attente à moi, mon attente de Marek si lointain:

Le front aux vitres comme font les veilleurs
de chagrin
Je te cherche par-delà l'attente
Par-delà moi-même

Et je ne sais plus tant je t'aime
Lequel de nous deux est absent

Ce qui est bizarre, c'est que ces poèmes, qui m'ancrent pourtant davantage dans une espèce d'alanguissement amoureux et me montent à la tête comme le champagne de mon anniversaire, ces poèmes réussissent en même temps à me remonter le moral, à me redonner espoir, à me donner le goût de rire.

Si Éluard a écrit de tels poèmes, c'est donc que ça existe, l'amour, l'amour fou et beau et fatal, ailleurs que dans la tête des filles de quinze ans. Parfois, j'ai l'impression qu'il faut être bien innocente (dans le sens de «un peu épaisse») pour croire encore à l'amour.

Éluard me rassure.

Et, rassurée, j'ai écrit une belle grande lettre à Marek. Une lettre bourrée de citations d'Éluard et de déclarations passionnées. Une lettre de milieu de nuit et de début d'année.

*
* *

J'ai l'impression d'être dans un cocon hors du temps et de l'espace, depuis que je garde Amélie. C'est comme si l'univers tout entier n'était plus que cette petite bonne femme qui sourit, mange, rit, crie, dort, joue et se réveille toujours trop tôt. Nous sommes ensemble tout le temps, nous ne voyons personne d'autre. Et la neige qui n'arrête pas de tomber nous isole encore plus du monde extérieur.

Peut-être qu'il n'y a plus de monde extérieur. Peut-être qu'il n'y a plus que nous deux dans tout l'univers et que nous ne le savons pas.

*
* *

Je ne sais pas si j'ai hâte que se terminent ces dix jours avec Amélie ou si, au contraire, je voudrais qu'ils ne finissent jamais.

Les journées sont trop courtes, remplies de tous ces gestes que réclame Amélie.

Je ne me retrouve que le soir, quand elle dort et que la maison n'est plus que silence. C'est bizarre, être chez mon père sans être chez moi. J'ai l'impression d'être en visite. J'ose à peine prendre mes aises, comme on dit, m'allonger ou m'étaler par terre pour lire ou pour écouter de la musique. J'ai toujours l'impression que quelqu'un pourrait entrer et me surprendre.

La semaine dernière, au début de ma

période de «gardiennage», je ne savais pas trop quoi faire de mes soirées. Je tournais en rond, j'ouvrais et je fermais la télévision, j'ouvrais et je fermais la radio. Et je finissais toujours par écrire à Marek. Des lettres longues, échevelées, un peu désespérées.

J'écris toujours à Marek, mais, depuis quelques jours, je crois que mes lettres sont plus sereines. Moins déprimantes, en tout cas. C'est peut-être dû à Éluard. Peut-être aussi à moi, qui m'habitue lentement au rythme imposé par Amélie. Je m'impatiente moins qu'au début, on dirait, je crie moins. Oui, à ma grande honte, je dois avouer que j'ai crié après Amélie à quelques reprises. Pour des pipis qui n'avaient pas su attendre, des jus renversés, des siestes trop courtes ou des contradictions trop contradictoires... Je lui ai même lancé un de ces «Attends d'avoir mon âge!» qui me hérissent tellement quand les adultes me les servent à propos de tout et de rien... Pauvre Amélie, elle ne méritait quand même pas ça!

*
* *

C'est dans deux jours que reviennent papa et Patricia, dans deux jours que se termine ma réclusion avec Amélie, et je ne sais toujours pas si j'ai aimé ça.

Ce que je sais, par contre, c'est que j'ai recommencé à m'ennuyer de Marek et à rêver à nos retrouvailles de l'été prochain. Dans six mois. (Pourquoi pas six ans ou six siècles...)

Chapitre 3

J'ai survécu à Amélie.

J'ai survécu au retour de mes parents respectifs respectivement accompagnés de leur nouvel amour, à leur bonne humeur bruyante et à leur bronzage à toute épreuve.

J'ai survécu au retour en classe.

Et je pensais bien que c'était ce que j'allais faire jusqu'à l'été, survivre, quand, par petites doses, sans que je me rende vraiment compte de ce qui se passait, je me suis remise à vivre. À vivre «pour de vrai».

Un peu grâce à Éluard, qui continue de m'exalter et dont je me soûle (verbalement et poétiquement) à la moindre occasion.

Mais surtout grâce à la gang... et aux baleines!

*
* *

La gang, c'est la gang du journal.

Par curiosité, je viens de regarder dans le Petit Robert au mot «gang»... et je n'ai pas du tout trouvé ce à quoi je m'attendais!

GANG [gãg]. *n.m.* (1837, Mérimée, au sens de «bande, clan», sens vivant au Québec sous la forme *gagne*, n.f.; repris XXe; mot angl. «équipe»). Bande organisée, association de malfaiteurs (V. **Gangster**). «*la morale du gang*» (Camus). ◈ . HOM. *Gangue.*

Moi qui croyais faire un anglicisme, voilà que je parle comme Mérimée, genre en moins! Ce que je trouve bizarre, quand même, c'est qu'on dise que ce mot est utilisé au Québec sous la forme «gagne». Le genre est là, bien sûr, et la prononciation... mais jamais je n'aurais l'idée d'écrire «la gagne». De toute façon, personne ne comprendrait, moi pas plus que les autres.

Donc, la gang. Il ne s'agit de rien d'officiel, juste de quelques «collaborateurs/trices» du journal, six ou sept, pas plus, qui, à un moment donné (le 15 janvier, très précisément), ont commencé à se tenir ensemble en dehors des réunions pour le journal. On parle, on rit, on va au cinéma, au Dunkin' Donuts ou dans un café près de chez Samuel où on discute pendant des heures en buvant lentement nos bols de chocolat chaud... ou presque froid. Des rencontres dans un café! De quoi se prendre pour des intellectuels français (à part que ça m'étonnerait que les intellectuels français boivent du lait au chocolat chaud – leur genre, ce serait plutôt les cafés imbuvables ou les petits verres de gros rouge...). Ça n'a peut-être rien de bien exceptionnel, tout ça, c'est peut-être même banal, mais moi, c'est la première fois que je fais partie d'une bande d'amis (ou d'une gang)... et j'aime ça.

Il y a Suzie (qui, dans le journal, parle de santé mentale et physique), il y a François (politique), il y a Karine et Samuel (respectivement vie étudiante et sciences), il y a Miguel (sport), et il y a moi (livres). Plus quelques «occasionnels»: Ulric, Jasmine, Sonia...

Ce que j'aime, c'est qu'on peut passer des discussions les plus sérieuses aux fous rires les plus fous, des films d'horreur plutôt minables aux «chef-d'œuvre» du cinéma français ou tchèque, des frites graisseuses chères à François aux plats ultranaturels concoctés par Suzie (ou par la mère de Suzie).

Je me sens bien avec la gang. Je ris, je ris même beaucoup, et j'ai l'impression que ça ne m'était pas arrivé depuis longtemps. Ça me change de toutes ces soirées et de toutes ces fins de semaines passées à broyer du noir.

En fait, entre la gang, l'école, les devoirs (que je néglige un peu, ces temps-ci, mais qui continuent quand même d'exister), le gardiennage (essentiel, si je veux avoir les moyens de partir en vacances l'été prochain) et ma correspondance avec Marek... je n'ai même plus le temps de broyer du noir!

*
* *

C'est de la gang qu'est venue l'idée des baleines.

Tout le monde était au courant de mon histoire avec Marek, bien sûr. Tout le monde savait que nous devions passer nos vacances ensemble, l'été prochain. Et tout le monde savait aussi que nous n'avions pas encore décidé où nous allions les passer, ces vacances.

Aussi, chacun a-t-il décidé d'y aller de sa petite suggestion.

«Pourquoi pas la côte ouest?» (Karine, rêveuse)

«Les îles de la Madeleine!» (Suzie, péremptoire)

«Les coins et les recoins de Montréal ou de New York...»

Ça, ça ne pouvait venir que de François, et, par «coins et recoins», il voulait sans doute dire les ruelles les plus sales et les trous les plus miteux. Je ne sais pas trop pourquoi, mais ce gars-là est fasciné par les ruelles. Et plus elles sont sales, ces ruelles, plus elles sont déglinguées et peuplées de chats faméliques, d'enfants criards et d'individus louches, plus il les aime et plus il les photographie. En noir et blanc, en couleurs, sous tous les angles et par tous les temps. Ça donne des photos... disons... étonnantes. Personnellement, je n'arrive pas à décider si je les trouve géniales ou complètement ratées. Tout comme je n'arrive pas à me faire une idée nette de François, qui semble foncer dans toutes les directions en même temps, avec ses cheveux en bataille, ses gestes trop larges, ses éclats inattendus.

Ce jour-là, son éclat, il l'a réservé à la campagne, à ce qu'il a appelé, plutôt comiquement d'ailleurs, «cette profusion de joliesse facile».

«J'haïs ça, les fleurs et les petits oiseaux», a-t-il conclu d'un air dégoûté.

Tout le monde lui est tombé dessus en même temps.

«La campagne, c'est pas juste les fleurs et les petits oiseaux...

– Et même si ça l'était, ce n'est quand même pas aussi... aussi "cucul" que tu sembles vouloir nous le faire croire.

– La campagne, la nature, c'est aussi l'espace...

– ... l'immensité...

– ... les étendues sauvages...

– ... l'infiniment grand et l'infiniment petit...»

Ça faisait un joli brouhaha, toutes ces voix qui s'exclamaient pour essayer de convaincre François.

«Et la mer? ai-je fini par crier pour couvrir les autres voix. Qu'est-ce que tu penses de la mer?»

François a levé les yeux au ciel.

«La mer, j'y suis allé une fois, à Old Orchard, et c'était pire que tout.

– Tu devrais essayer ailleurs, au moins une fois. La vraie mer, nue, sauvage, changeante. Un vrai bord de mer avec du vent, des falaises, des algues. Je suis sûre que tu aimerais ça.»

François m'a fait une belle grimace.

«Pourquoi pas, un jour? Je suis sûr que tu arriverais à me convaincre...»

À ce moment, Samuel a poussé un grand cri.

«J'ai trouvé!

– On dit "Eurêka!", dans ces cas-là, a fait remarquer Suzie.

– Tu as trouvé quoi? ont plutôt voulu savoir tous les autres.

– Où Cassiopée et Marek vont aller.

– Où ça?» ai-je demandé prudemment.

Avant de répondre, Samuel a fait des tas de préambules et d'avant-propos.

«Vous aimez la mer, *right*? Vous aimez les endroits plutôt déserts. Vous ne voulez pas aller trop loin. Il ne faut pas que ça vous coûte trop cher. Et...» (ici, long silence plein de suspense) «... et... et... et... Marek est fou des baleines!

– Oui.

– Alors, Longue-Pointe.»

Et il s'est arrêté là.

«Quoi, Longue-Pointe?

– Longue-Pointe, sur la Côte-Nord, où il y a un centre de recherche sur les baleines. Des amis de ma mère sont allés y faire un stage, l'année dernière, et ils ont trouvé ça génial.»

Moi aussi, je trouvais ça génial, mais je voulais avoir quelques précisions avant de m'emballer vraiment.

«Un stage?

– Oui. Écoute, je vais aux renseignements et je t'en reparle. O.K.?

– O.K.»

Deux jours après, Samuel est venu me trouver à la bibliothèque et il m'a agité un dépliant sous le nez.

«Voilà, mam'zelle! Tout est là. Il paraît qu'on peut participer activement aux recherches, recueillir des données, faire des observations, et tout. En fait, c'est tellement attirant que je me demande si Karine et moi, on ne va pas aller y faire un tour, nous aussi...»

J'ai dû avoir un air horrifié parce que Samuel a éclaté de rire.

«Pas l'été prochain, rassure-toi. Peut-être le suivant...»

J'ai respiré.

«Bon, c'est bien beau, tout ça, les recherches et l'avancement de la science, mais... penses-tu que Marek et moi on pourrait y participer? On n'est pas diplômés en sciences ou en biologie marine, nous. On n'est même pas des adultes, au cas où t'aurais pas remarqué. Marek va avoir dix-huit ans l'été prochain, moi, seize, et on serait sûrement intéressés à participer à tout ça, mais on n'a pas grand-chose à offrir, à part notre bonne volonté...»

Avec un grand sourire, Samuel m'a tendu son dépliant.

«La meilleure façon de savoir si vous pouvez y aller, c'est encore de le demander aux responsables du centre, non?»

Oui.

J'ai donc téléphoné au numéro qui apparaissait dans le dépliant, et j'ai demandé à parler à Richard Sears ou Martine Bérubé, de la Station de recherche des îles Mingan (j'ai même failli ajouter «inc.», pour être sûre de parler aux bonnes personnes).

«Je suis Martine Bérubé, a dit la voix au bout du fil. Est-ce que je peux vous aider?»

La voix était jeune, douce, sympathique. Ça m'a donné confiance, et aussi le courage de poser toutes mes questions. La durée et le coût des stages, les conditions d'inscription (âge, connaissances ou expérience préalables...), les modalités d'inscriptions.

Martine Bérubé a répondu avec gentillesse à mes questions. Non, il n'était pas nécessaire de s'y connaître en baleines pour participer aux stages, oui, on pouvait y participer à l'âge qu'on avait. Enfin, les coûts étaient les suivants...

Aïe! ce n'était pas donné, mais ce devait être faisable. Oui, avec un peu d'efforts et beaucoup d'enfants à garder avant l'été, ce devait être faisable.

*
*   *

Exceptionnellement, je n'ai pas écrit à Marek pour lui parler de tout ça. Je lui ai téléphoné (après tout, me suis-je dit, c'est une grande occasion). Et mon téléphone commençait par un «YAOUH!!!» tonitruant.

Chapitre 4

Question: S'il y a quelque chose comme 1125 kilomètres entre Montréal et Havre-Saint-Pierre (sur la Côte-Nord), et que Longue-Pointe est à 46 kilomètres avant Havre-Saint-Pierre, quelle est la distance entre Montréal et Longue-Pointe?

Je n'ai pas effectué le calcul très précisément, mais, quelle que soit la façon d'aborder le problème, le résultat est toujours le même: énorme. Surtout pour quelqu'un qui s'était mis en tête de couvrir cette distance à bicyclette.

Avouez que le projet était intéressant: suivre le Saint-Laurent jusqu'à la Station de recherche des îles Mingan, vivre au rythme du fleuve pendant des semaines, découvrir peu à peu ses nombreux visages, ses tours, ses détours et ses humeurs. Mais 1100 kilomètres...

Alors, calculatrice en main, j'ai essayé différentes combinaisons:

— bicycler jusqu'à Québec (250 km) et faire le reste du chemin en autobus;

— aller de Montréal à Québec en autobus et faire le reste à bicyclette (850 km);

— nous rendre à Sept-Îles en avion avant de continuer à bicyclette jusqu'à Longue-Pointe (175 km);

— complètement oublier la bicyclette et partager le trajet entre l'avion et l'autobus, ou n'y aller qu'en autobus, ou...

Mais je n'avais pas le goût d'oublier complètement la bicyclette. D'abord parce que ça reste le moyen de transport le moins cher. Ensuite parce que c'est aussi le plus sympathique. Ça ne pollue pas, ça ne dérange personne, ça ne risque pas de tuer quelques malheureux piétons en chemin...

Sans être une vraie de vraie fanatique du vélo, j'aime ça, rouler à bicyclette, et je m'imagine assez bien, avec Marek, en train de pédaler joyeusement au soleil. Ou sous une pluie battante (évidemment, certaines images sont moins attirantes que d'autres).

Je veux donc garder la bicyclette, au moins en partie. Et le camping, le plus souvent possible. (Voir, plus haut, les raisons pour choisir la bicyclette. En général, ça vaut aussi pour le camping.)

J'ai un peu parlé de ça à Suzie, qui a haussé des sourcils étonnés.

«Te voilà rendue sportive, à présent? Plein air, exercice, et tout? Ça a de quoi surprendre...»

Il faut dire que, jusqu'à maintenant, c'est une tendance qui était restée bien discrète, même pour moi.

«N'exagère pas, quand même. Je ne pars pas à la conquête de l'Everest!

— Onze cents kilomètres à bicyclette, dont un certain nombre en terrain plutôt montagneux, merci — je ne sais pas si tu es déjà allée dans Charlevoix, mais ce n'est pas vraiment ce qu'on peut appeler le calme plat —, le tout agrémenté de camping et de vie à la dure, et tu trouves que ce n'est pas vraiment "sportif"! Sais-tu allumer un feu de camp, au moins?

— Écoute, on n'est plus à l'époque où il fallait frotter des roches ensemble, ou faire tourner un bout de bois bien sec vite vite vite pour faire jaillir des étincelles...

— Non, mais il faut savoir frotter une allumette ou actionner convenablement un briquet.»

Ça n'a l'air de rien, mais Suzie venait de toucher là un point sensible. Je suis nulle, que dis-je, plus que nulle pour tout ce qui s'appelle allumettes et briquets.

«Évidemment, a continué Suzie, tu vas me dire que tu comptes sur le beau Marek pour s'occuper de ça à ta place. La faible femme s'appuyant sur l'homme fort. Image ô combien romantique et ô combien connue!

– Écoute, Suzie, tu ne vas quand même pas en faire une question de fuite de responsabilités ou de stéréotypes sexistes. Ce n'est quand même pas *si* grave de ne pas savoir faire un feu...

– C'est dans les petites choses que se perdent ou se gagnent les grandes batailles», a déclaré sentencieusement ma chère et fidèle amie avant de s'éloigner en hochant la tête d'un air désespéré.

Elle m'énerve, Suzie. Surtout quand elle a raison.

*
* *

J'ai fait venir, du ministère du Tourisme, des brochures sur les régions qui se trouvent entre Montréal et Longue-Pointe, et, chaque soir, je passe des heures à feuilleter tout ça, à prendre des notes et à faire des listes. Des listes de choses à voir, de choses à faire, de choses à acheter, de choses à emprunter...

J'aime ça, dresser des listes. Je dirais même que je suis une grande dresseuse de listes. Une dresseuse maniaque. (Ça ferait un bon titre de livre, *La Dresseuse maniaque*. Mieux encore, *La Dresseuse enragée*. Les gens se précipiteraient pour l'acheter, persuadés d'y trouver des bêtes féroces et une dresseuse plus féroce encore – ou alors des histoires sadomasochistes réservées aux 18 ans et plus. Et tout ce qu'ils trouveraient, c'est une paisible vieille dame, toute timide et ratatinée, qui passerait ses journées à dresser des listes. Des listes de conserves, des listes de fleurs, des listes de gens célèbres, des listes d'assassins, des listes de capitales sud-américaines, des listes de poètes, des listes de parties du corps, des listes de conseils aux nouvelles mamans, des listes de listes... Je ne garantis pas que ça ferait un best-seller, mais ce serait amusant à écrire.)

Bref, je suis plongée jusqu'au cou dans les préparatifs du voyage. Et je m'amuse beaucoup.

*
*   *

«Qu'est-ce que tu penses de la table ronde?»

La question venait de François, elle s'adressait à moi et elle surgissait au beau milieu d'une discussion sur un film que nous étions tous allés voir la veille.

«La table ronde, quelle table ronde?» ai-je demandé, un peu perdue.

En fait de table ronde, je ne pouvais penser qu'à celle des chevaliers du même nom et à la petite table que ma mère a rapportée de chez un antiquaire et qu'on n'a pas encore réussi à caser quelque part.

«Comment ça, "quelle table ronde?"!!! C'est pourtant toi qui es censée t'intéresser à la Pologne, non?»

Petit déclic dans mon esprit. La table ronde, n'est-ce pas comme ça qu'on appelle les négociations qui ont lieu en ce moment en Pologne et qui devraient entraîner un début de démocratisation pour le pays?

«Eh bien, ai-je fini par répondre, c'est, euh, c'est merveilleux.

— Merveilleux? a répété François avec son air de crise imminente. C'est sûr que c'est merveilleux en théorie... Mais, si je me fie à certains articles du *Devoir*, c'est loin d'être aussi beau que ça en a l'air. Le moral des gens est à zéro, les problèmes économiques sont écrasants, et certaines personnes croient qu'il ne faut pas attendre grand-chose de ces négociations "historiques"... Tes amis polonais, eux, comment ils voient ça?»

À vrai dire, mes amis polonais, je n'ai pas la moindre idée de ce qu'ils pensent de la situation en Pologne. Mes lettres avec Marek sont beaucoup plus des lettres d'amour que des lettres de politique, et on n'a jamais abordé ce sujet-là. D'ailleurs, j'avoue que, dans l'ensemble, mon idée de la Pologne est assez vague. Une espèce de mélange romantique et nostalgique qui inclut, pêle-mêle et sans trop de détails, la Deuxième Guerre mondiale et le ghetto de Varsovie, l'atmosphère révolutionnaire d'il y a quelques années et Solidarité, des poèmes satiriques que Marek m'a envoyés (du genre «Le mal, lui aussi, ne nous veut que du bien.»), l'image d'un peuple souvent humilié, souvent écartelé, mais qui toujours se relève... Mais ce qui se passe maintenant en Pologne, ce qui s'y passe vraiment, je n'en sais rien. Peut-être parce que mes amis polonais vivent à New York et non à Varsovie, à Cracovie ou à Gdansk.

Un peu ennuyée, j'ai répondu à François que je ne savais pas ce que mes amis pensaient de la situation, mais que j'allais le leur demander, si ça pouvait lui faire plaisir.

«Mais... de quoi vous parlez, si vous ne parlez pas de ça?»

D'Éluard, d'états d'âme et de bicyclette, ai-je eu envie de répondre, mais je me suis contentée de dire qu'on parlait de toutes sortes de choses.

«Tu sais, ai-je ajouté, ce n'est pas tout le monde qui se passionne autant que toi pour la politique.»

C'est vrai qu'il s'intéresse beaucoup à la politique, François. Il sait toujours tout ce qui se passe dans le monde, et, dans le journal, c'est lui qui «couvre» la scène internationale. Dans le premier numéro, il a parlé de l'Afrique du Sud et d'Amnistie Internationale (le titre de son article était «Le show, c'est bien beau... mais après?»). Dans le deuxième, il a parlé du Chili et de l'état du français au Québec, lois 178, 101 et compagnie. Et j'ai la vague impression que, dans le troisième, il va parler de la Pologne.

«De la Pologne et de quoi d'autre?» lui ai-je demandé d'un ton légèrement agressif. Je me rends compte que je lui en veux de parler de «ma» Pologne. Peut-être aussi que je lui en veux d'en savoir plus long que moi là-dessus, ou d'y réfléchir plus sérieusement.

«Quoi d'autre quoi?

— Dans le prochain numéro, tu vas parler de la Pologne et de quoi d'autre?

— De dénatalité, d'immigration...»

De sujets chauds, quoi.

Je relis ce que j'ai écrit l'autre jour, et j'ai bien peur d'avoir donné une fausse idée de François. Il n'est *pas* plate, lugubre et sérieux comme un pape ou comme un éditorialiste.

En fait, avant de lire ses articles et de le connaître mieux grâce à la gang, je l'aurais plutôt classé parmi les clowns, les boute-en-train. Parce qu'il rit beaucoup. Parce qu'il parle beaucoup. Parce qu'il fait des jeux de mots débiles et des grimaces plus débiles encore. Parce qu'il s'empêtre dans ses mots, dans ses gestes, dans ses grands bras et dans ses grands pieds. Et parce qu'il a un peu une allure de clown, avec sa tignasse rousse en tire-bouchon, ses taches de rousseur et sa silhouette immense. Je me disais donc que c'était un clown. Drôle, léger et superficiel.

Maintenant que je le connais mieux, je sais surtout qu'il échappe aux catégories. Oui, il peut être drôle, oui, il parle beaucoup, oui, il fait souvent le clown, mais pas toujours, et, surtout, non, il n'est pas superficiel. Il est souvent grave, intense même, et prêt à se battre pour des tas de causes perdues.

Un dernier détail: il est en secondaire III et, quand il ne grimace pas, il est beau. Très

beau, même, mais on dirait qu'il fait tout
pour que personne ne s'en rende compte.

*
* *

«Il a raison, ton copain, m'écrit Marek.
Ce n'est pas tout le monde qui voit ces
négociations comme un cadeau du ciel... Il y
en a beaucoup qui parlent de récupération et
de coup de grâce pour Solidarność.»

Et il continue dans cette veine, citant
Andrzej (son père), des amis d'Andrzej, et
Jadwiga Staniszkis, une sociologue très connue, semble-t-il, mais dont moi j'entendais
parler pour la première fois (évidemment).

J'ai transmis ses commentaires à François,
qui n'a rien dit (pour une fois), mais qui a
hoché la tête.

«Tu dois être content, ai-je dit. Les vrais
de vrais Polonais te donnent raison.»

Il m'a fait une grimace toute croche et un
peu triste.

«Tu sais, dans ce cas-là, j'aurais préféré
avoir tort.»

*
* *

J'ai pris la résolution de me tenir au courant de ce qui se passe dans le monde.

Le problème, c'est que ce n'est pas la première fois que je prends cette résolution, et qu'en général il ne faut pas plus de deux ou trois semaines pour que j'«oublie» tout et que je retrouve mon ignorance béate (et une indifférence dont j'ai honte quand j'y pense).

D'ailleurs, me tenir au courant, si je ne suis pas prête à agir, ça sert à quoi?

J'aurais le goût de faire quelque chose, mais je ne sais pas quoi. J'aurais le goût de rendre le monde un peu meilleur, un peu plus vivable, mais je ne sais pas comment.

Et puis, comment choisir entre les pluies acides, les réfugiés politiques, la langue française, les prisonniers d'opinion, les bélugas, les enfants qui meurent de faim ou l'analphabétisme?

J'aurais tendance à avoir de bien hautes et bien nobles pensées, mais ça ne va jamais plus loin. Et même... Et même, si un robineux m'approche et me demande vingt-cinq cents, j'ai toujours un petit mouvement de recul. Je le lui donne, son vingt-cinq cents, mais plutôt pour me débarrasser, pour ne plus le voir, pour ne pas me sentir coupable...

Je suis quoi, au juste?

Juste assez sensibilisée pour avoir mauvaise conscience, mais pas assez courageuse

pour faire quelque chose? Pas assez courageuse, ou trop paresseuse, ou égoïste, ou *wishy-
washy*, comme Charlie Brown...

Je ne sais pas au juste ce que je suis, mais
ce que je sais, c'est que je n'aime pas beaucoup ça.

Bonne nuit, *wishy-washy*.

Chapitre 5

«Je ne voudrais pas me mêler de ce qui ne me regarde pas, a commencé ma mère, mais...»

J'ai soupiré, suffisamment fort pour qu'elle se rende compte que je n'étais pas particulièrement intéressée par ce qu'elle avait à me dire. C'était quoi, cette fois? Mon bulletin qu'elle ne trouvait pas assez reluisant à son goût? (Remarquez qu'elle n'aurait pas tort, mes notes n'ont jamais été aussi basses. Je n'ai rien coulé... mais tout juste, dans certaines matières.) Mes sorties plus fréquentes qu'avant? Mes retours souvent tardifs à la maison? Ou quoi?

«Parmi tous tes préparatifs pour l'été prochain, as-tu pensé à te munir d'un moyen de contraception... ou même de protection?»

Dans le silence qui a suivi, j'ai eu le temps:

1. de me sentir devenir toute rouge;

2. de me dire «Ça y est, elle se prend pour la mère de Suzie»;

3. d'ouvrir la bouche sans trouver quoi que ce soit d'intelligent à dire;

4. de refermer la bouche;

5. d'admettre qu'elle avait bien raison, ma mère, et qu'il me faudrait penser à «ça» aussi, et pas juste à des itinéraires, des aliments facilement transportables ou de l'équipement pas trop lourd.

Alors j'ai répondu, sèchement:

«Oui, oui, inquiète-toi pas, je m'en occupe.»

J'ai bien vu qu'elle aurait aimé poursuivre la conversation (si on peut appeler ça une conversation), mais, devant mon air fermé, elle m'a seulement fait un petit signe de la tête, comme si elle m'encourageait, ou qu'elle me disait au revoir.

J'en ai profité pour quitter la cuisine et aller m'enfermer dans ma chambre.

*
* *

Pourquoi est-ce que ça m'achale que ma mère m'ait dit ça? Dans le fond, je devrais être contente. Elle n'a pas poussé les hauts cris quand je lui ai parlé de notre projet pour l'été prochain. Elle n'a pas insisté pour qu'on soit accompagnés d'un chaperon, ou au moins d'une troisième personne qui pourrait servir d'accompagnatrice, de surveillante et... d'empêcheuse de tourner en rond (ou de se rapprocher de trop près). Elle n'a pas non plus posé des tas de questions insidieuses pour savoir «quelles étaient nos intentions» (ça, ce serait plutôt le genre de mon père). Non, elle a été parfaite. La mère dont rêveraient la plupart de mes amis. Et même *tous* mes amis.

Alors pourquoi est-ce que je me sens si mal à l'aise pour parler de sexualité, avec elle?

Pourtant, il y a quelques années, quand elle a commencé à me parler de menstruations, c'était simple, facile, pas compliqué. Pourquoi est-ce que ce ne serait pas la même chose pour parler de rapports sexuels? Pourquoi est-ce que ça me gêne de lui dire que j'ai envie de savoir ce que c'est, «l'amour», que j'ai envie de sentir Marek m'envahir complètement, partout, que j'ai envie d'être aussi proche de lui qu'on peut l'être d'une autre personne?

Elle doit bien le savoir, ce que je ressens. La preuve, c'est sa question de tantôt. Alors? Alors rien. Alors je crois que je préférerais qu'elle fasse semblant de ne rien voir et de ne rien savoir. (Je devrais écrire un traité intitulé *Éloge de l'hypocrisie*. Je suis sûre que j'aurais des tas de choses à dire là-dessus.) Ou peut-être que je voudrais qu'elle m'en parle, oui, mais sans ces préambules que je trouve plus gênants qu'autre chose: «Je ne voudrais pas te déranger, mais...» «Je sais que ça t'achale, mais...» «Je ne veux pas me mêler de ce qui ne me regarde pas, mais...» Je devrais lui dire que je n'aime pas ça, ces entrées en matière faites à reculons. Je devrais. Mais je sais bien que je ne le lui dirai pas.

Wishy-washy pour ça aussi.

*

* *

Suzie a entrepris de séduire Miguel. Mais, incapable de faire ça comme tout le monde, elle le fait à sa manière, c'est-à-dire en rabrouant Miguel, en se moquant de lui, en n'étant jamais d'accord avec rien...

Résultat, tout le monde est convaincu qu'elle le déteste, et Miguel est au désespoir.

Même que les autres membres de la gang m'ont demandé pourquoi Suzie haïssait Miguel à ce point-là.

«Elle ne l'haït pas, elle l'aime, ai-je précisé devant les têtes stupéfaites de Karine, Samuel et François.

– Drôle de façon de manifester son amour», a grommelé Karine qui, elle, n'hésite pas à se coller à Samuel, à lui sourire, à lui faire des mamours...

J'ai cru bon de leur faire remarquer que Suzie avait de drôles de façons de faire à peu près tout.

«Je sais, a répondu Karine. Mais quand même, elle pourrait se montrer un peu gentille...»

J'ai haussé les épaules. Suzie va se montrer gentille le jour où elle va vouloir se montrer gentille, et pas avant.

«Et toi? m'a demandé François à brûle-pourpoint. Comment tu montres que tu t'intéresses à un gars?

– Euh...»

Il n'a pas insisté.

*
* *

La clinique était claire. Les murs étaient roses. Et moi, je me tortillais sur ma chaise.

«Je suis peut-être venue trop tôt... Je veux dire, ce n'est que cet été que... enfin, que je vais voir Marek, mon... enfin, mon chum, quoi.»

Il n'y a pas à dire, les explications claires, l'élocution aisée et l'allure décontractée, c'est tout à fait moi!

La médecin à qui je venais de bafouiller ma petite phrase m'a fait un beau sourire. Elle était sympathique, cette fille. Jeune, calme, rassurante. Brusquement, et sans vraiment de raison, je me suis dit que c'est le genre de fille que je verrais bien avec Jean-Claude, mon oncle préféré – s'il finit par revenir de New York! Je me suis même demandé comment je pourrais m'arranger pour qu'ils se rencontrent, Geneviève (elle s'appelle Geneviève) et lui. (Je me vois, suggérer à Jean-Claude d'attraper une MTS, question d'aller se faire soigner par ma nouvelle docteure...)

Inconsciente de l'avenir amoureux que j'étais en train de lui préparer, Geneviève m'a donc souri.

«Moi, tu sais, je trouve qu'il vaut mieux venir deux ou trois mois *avant* que deux ou trois mois *après*. Surtout que, avec certains moyens de contraception, ça prend deux ou trois mois avant que ce soit efficace.»

Évidemment, vu sous cet angle...

«Voyons quelles sont les solutions possibles, dans ton cas...»

On a parlé pendant un bout de temps. Geneviève m'a vraiment expliqué «tout ce que vous avez toujours voulu savoir sur la contraception sans jamais oser le demander». Elle a répondu à mes questions. Puis elle a commencé à parler de prévention.

Encore les MTS, le sida et ces bibites toutes plus honteuses les unes que les autres!

J'ai grimacé.

«C'est pas drôle, hein, de se faire parler de maladies et de bobos quand on est en amour par-dessus la tête...» a dit Geneviève, gentiment.

Ça, j'étais bien d'accord avec elle!

«Mais pour ça aussi, tu vois, mieux vaut prévenir que guérir, si tu me pardonnes la phrase toute faite. Surtout qu'il y a des choses, là-dedans, qui se guérissent bien mal, ou qui peuvent avoir des conséquences tragiques. Malheureusement, ma belle, on n'est plus à l'époque où le pire qui pouvait arriver, c'était de tomber enceinte.

— Oui, mais, dans notre cas, à Marek et moi, il n'y a pas de danger. On n'a pas couraillé toute notre vie, on...»

Mais Geneviève m'a interrompue.

«Il y a des comportements plus risqués que d'autres, tu as raison. Mais personne n'est vraiment à l'abri d'une MTS. Tu sais, les chlamydia, les gonocoques ou le VIH, on n'a pas ça d'écrit dans le front. On peut même être infecté sans le savoir...»

Et la confiance, alors? ai-je failli demander. Ça n'existe plus?

Geneviève a bien vu que j'avais des réticences.

«Je ne suis pas là pour t'obliger à faire ou à ne pas faire des choses. Je suis là pour te renseigner, pour répondre à tes besoins... et pour faire un peu de prévention.»

Pour moi, prévention égale condoms, et je ne peux pas dire que ça m'attire beaucoup. Ça manque nettement de romantisme, et il me semble que ça fait pressé, honteux, un peu sale...

J'ai fait part de mes réflexions à Geneviève. Elle a souri (elle sourit beaucoup).

«C'est certain que la spontanéité en souffre un peu, et je mentirais si je te disais que, personnellement, j'adore utiliser des condoms... Mais il y a moyen de s'arranger pour que ce ne soit ni déprimant, ni honteux, ni sale.»

Ouais... Je ne peux pas dire que je suis entièrement convaincue. Mais une chose est sûre, je vais penser à tout ça. Promis. (Après tout, ces conseils, c'est peut-être ma future tante qui me les a donnés.)

*
* *

Je suis passée par la pharmacie, et j'en suis ressortie avec une provision de pilules anticonceptionnelles. C'est drôle, je n'en ai pas encore pris une seule, mais de les avoir là, dans mon sac, j'ai l'impression d'être plus grande, plus adulte, plus «femme»... Bref, je délire joyeusement et je souris encore plus (d'un sourire de femme, bien sûr).

*
* *

Les préparatifs pour l'été avancent (et pas juste du côté des petites pilules). Finalement, j'ai décidé d'éliminer le trajet Montréal-Québec à bicyclette. Tant qu'à éliminer quelque chose, autant éliminer le bout le plus urbain, le plus industrialisé, le plus achalandé aussi, je suppose.

On va donc prendre l'autobus pour Québec, où on va passer deux jours. Ensuite, on va se farcir, en quatorze jours et autant d'étapes, les quelque huit cent cinquante kilomètres qui séparent Québec de Longue-Pointe. Une fois à Longue-Pointe, cinq jours d'observation de baleines. Et des couchers dans un motel-hôtel-auberge, ou quelque chose comme ça. En tout cas *pas* en camping. Je me suis dit qu'après deux semaines de camping, Marek et moi, on aurait bien droit à un petit répit. Ensuite... je ne sais pas trop. Ça viendra bien en temps voulu.

Côté planification, ça va donc assez bien. Côté préparation matérielle aussi. Finalement, grâce à des prêts et à des dons aussi généreux que disparates, nous n'aurons pas à acheter trop de matériel de camping (ce qui réjouit nos cœurs purs et nos porte-monnaie modestes).

Par contre, la préparation physique laisse à désirer... C'est bien beau, vouloir parcourir huit cent cinquante kilomètres à bicyclette, encore faut-il être capable de le faire!

Résolution: dès demain, non, dès ce soir (tout de suite, quoi), gymnastique quotidienne, pour assouplir, tonifier et endurcir tous mes petits muscles mous et flasques... Et, quand la neige aura fini de fondre, bicyclette le plus souvent possible.

*
* *

«Il y a *Jules et Jim* au Ouimetoscope, ce soir. Tu veux venir avec moi?
— Et les autres?

66

– J'en ai pas parlé aux autres. Je t'en parle à toi.»

Je suis restée sans voix.

Ma première réaction, ça a été de me dire que je ne pouvais quand même pas sortir avec un gars de secondaire III! (Je ne suis pas particulièrement fière de ma première réaction, mais le propre des premières réactions c'est précisément de n'être pas préparées longtemps d'avance et donc d'être parfois assez inattendues... ou même gênantes).

Ma deuxième réaction, ça a été de me sentir gênée d'avoir pensé ça et de songer que, de toute façon, François a quand même quinze ans. S'il est en secondaire III, c'est qu'il a raté une année d'école, quand il était petit, «pour cause de maladie».

Ma troisième réaction, ça a été de me sentir honteuse de cette deuxième réaction, qui ne faisait qu'empirer la première et montrait à quel point j'étais snob, et à quel point je me préoccupais de l'opinion de tout le monde.

Ma quatrième réaction (enfin!), ça a été de me dire que, de toute façon, je n'allais pas aller au cinéma *toute seule avec un garçon* alors que j'aimais Marek.

J'en étais là dans mes réactions (Dieu sait jusqu'où ça aurait pu aller) quand François m'a dit, avec un air de désespoir comique:

«Houlà! Pas besoin de réfléchir jusqu'à

demain matin, tu sais, je ne te demande pas en mariage. De toute façon, si tu réfléchis jusqu'à demain matin, le film va être fini, et on ne sera pas plus avancés...»

Facile à dire, «je ne te demande pas en mariage»...

Et puis, dans le fond, il avait raison. Quoi de plus normal que d'aller voir un film avec un garçon qu'on côtoie tous les jours à l'école et avec qui on est déjà allée quelquefois au cinéma (en groupe, mais, bon, où est la différence?).

J'ai donc murmuré, d'une petite voix faiblarde qui m'a donné le goût de me battre:

«*Jules et Jim?*

— Oui, *Jules et Jim.* Le film de Truffaut, avec Jeanne Moreau et Oscar Werner...

— Et elle fait qui, Jeanne Moreau? Jules ou Jim?

— Viens au Ouimetoscope, tu verras bien.»

*
* *

J'y suis allée. J'ai vu. Et j'ai adoré.

(Pour ceux que ça intéresse, Jeanne Moreau ne faisait ni Jules ni Jim, mais bien Catherine – joli nom, ça –, qui passe de Jules à Jim, et vice-versa, tout le long du film. C'est un film qui est à la fois drôle et triste.

Et qui finit mal. C'est dans ce film-là que Jeanne Moreau chante, de sa petite voix acide, «Elle avait des bagues à chaque doigt/des tas de bracelets autour des poignets...» Depuis deux jours, cette chanson-là me hante.)

C'était la première fois que j'allais au cinéma toute seule avec un garçon, et j'étais sur mes gardes. C'est bien connu, les garçons ne vont au cinéma que pour avoir la chance de tripoter des seins ou de voler un baiser. C'est du moins ce que semblent vouloir nous faire croire la quasi-totalité des films américains sur le sujet: la première soirée au cinéma, le noir, les mains qui se frôlent, les doigts qui tâtent, les souffles qui s'essoufflent, les lèvres humides qui s'approchent... Pas très ragoûtant, tout ça!

Alors je m'étais habillée en conséquence. Pantalons assez amples (pas de jupe à soulever ni de cuisses trop moulées, oh non!), t-shirt, blouse épaisse, gros chandail, veste et blouson. Résultat, j'ai failli crever, et crever pour rien, par-dessus le marché, parce que François n'a pas tenté le moindre petit geste d'intimité ou de passion. Assis tranquillement à ma droite, il s'est laissé prendre par le film et n'a quitté l'écran des yeux que quand la dernière ligne du générique a fini par disparaître et que les lumières se sont rallumées.

Il a cligné des yeux avant de me demander, l'air vraiment inquiet, pour une fois:

«Alors?

– J'ai aimé ça. Beaucoup.»

Il a poussé un grand soupir de soulagement.

«C'est la sixième fois que je le vois, et, chaque fois, c'est l'éblouissement. Et Jeanne Moreau...»

Là, il avait l'air carrément pâmé. Moi, je n'ai pas pu m'empêcher de penser que ce n'était peut-être pas tout à fait normal qu'un garçon de quinze ans soit à ce point épris d'une actrice qui pourrait être sa grand-mère... Je sais bien que le film date d'il y a presque trente ans et que, il y a trente ans, Jeanne Moreau était encore toute jeune et toute belle. Mais, quand même... Quoique, dans un sens, c'est plus sympathique que s'il s'intéressait uniquement à Farrah Fawcett (qui, de toute façon, doit bien être aussi vieille que Jeanne Moreau) ou à Molly Ringwald.

Il m'a raccompagnée chez moi.

Avant de s'éloigner, après un bec rapide sur la joue, il m'a dit:

«Au fait, pour la prochaine fois, pas besoin de te blinder, tu sais...»

Heureusement qu'il faisait noir et qu'il ne m'a pas vue rougir!

*
* *

J'ai commencé une lettre à Marek dans laquelle je racontais ma soirée au cinéma sur le mode humoristique. Je l'ai déchirée au bout de dix lignes.

J'en ai commencé une autre, dans laquelle, toujours sur un ton humoristique, je lui racontais ma visite à la clinique et le résultat de cette visite. Celle-là, je l'ai déchirée au bout de six lignes. C'est bizarre, Marek, dans ses lettres à lui, a beau multiplier les allusions à «ce qui va se passer l'été prochain», il a beau me parler de mon anatomie avec force détails et me décrire des caresses qui troubleraient même une statue, on dirait que j'ai du mal à m'engager moi aussi dans cette voie... Des beaux poèmes, oui, et des tas de sentiments, mais il n'y a rien de trop physique dans mes lettres. Dans mes rêves, oui, mais je ne lui parle pas de tous mes rêves et de tous mes désirs.

Finalement, je lui ai écrit une lettre même pas humoristique dans laquelle j'ai dressé l'itinéraire complet de notre voyage à bicyclette. Je lui ai aussi parlé de mon «entraînement» (que, jusqu'ici, je n'ai pas trop négligé – j'en suis d'ailleurs aussi étonnée que soulagée) et du temps qu'il fait. Oui, du temps qu'il fait!

Chapitre 6

Urodziłem się tam
Niełwybiera em miejsca.

J'ai reçu une lettre de Marek qui commençait comme ça. Aïe!, me suis-je dit, Marek qui joue aux devinettes... Même avec mon dictionnaire, je n'étais pas sûre d'arriver à y comprendre quelque chose.

Mais, non, Marek ne jouait pas aux devinettes: tout de suite après, il me fournissait une traduction de ces lignes, et même du poème au complet.

Je suis né là-bas
Je n'ai pas choisi l'endroit.

J'aurais bien voulu naître tout simplement
dans l'herbe.
L'herbe pousse partout.
Il n'y a que les déserts qui ne voudraient
pas de moi.
Ou bien j'aurais pu naître aussi
Dans un écheveau du vent,
Quand respirent les airs.
Mais je suis né là-bas.
Ils m'ont enchaîné quand j'étais encore
enfant.
Et puis ils m'ont lâché dans le monde avec
mes petites chaînes.
Je suis ici. Je suis né là-bas.
Si au moins j'avais pu naître en mer.
Et toi, fer magnétique,
Qui sans arrêt m'orientes vers le pôle,
Tu es lourd; sans toi je suis si léger
Que j'en perds ma notion de poids.
Je porte donc ces petites chaînes
Et je les secoue comme le lion sa crinière.
Mais les gens de là-bas crient:
Reviens.
Ils m'appellent: petit, petit, petit.
On me jette en l'air du millet et des herbes.
Le chien à la niche.
Je suis un poète (il faut bien avoir un
nom).
Ma chaîne, c'est ma langue.
Les mots sont mon collier.

Je suis né là-bas.
(J'aurais bien voulu naître tout simplement
dans l'herbe.)

Je l'ai lu trois ou quatre fois, le poème, pour être sûre de bien comprendre ce que voulait me dire Marek, par les mots de Bogdan Czaykowski (qui est un Polonais en exil au Canada, m'a précisé Marek). C'était la première fois, vraiment, qu'il me parlait de la Pologne. Pas juste de la situation politique (en fait, pas du tout de la situation politique), mais de ce que représente la Pologne, pour lui.

C'est un rêve, c'est une blessure, c'est une rage. J'aimerais pouvoir dire que c'est ma patrie, mais ce n'est même pas vrai. Je suis un faux Polonais comme je suis un faux Français et un piètre Américain. Je ne sais pas qui je suis. Je ne sais pas où j'appartiens. Et, pour tout simplifier, j'aime une fille qui est à moitié étoile, à moitié Québécoise...

(Petite parenthèse. Autant, l'été dernier, j'étais heureuse que Marek me parle d'étoiles et se réjouisse de mon nom-constellation, autant, maintenant, ça m'embête qu'il poursuive dans cette veine. J'ai l'impression qu'il ne parle pas vraiment de moi, qu'il se trompe sur mon compte, et je ne sais pas trop comment le lui faire savoir. Une étoile et une constellation, c'était bien beau au bord de la mer, avec les vagues en bruit de fond et cette orgie d'étoiles au-dessus de nos têtes... Mais à Montréal, dans le plus quotidien de mon quotidien, dans le plus ordinaire de mon ordinaire, eh bien, je ne me sens ni brillante, ni vaporeuse, ni céleste, juste Cass Bérubé-Allard, nom assez peu inspirant, si vous voulez mon avis. Mais, bon, on ne parlait pas de moi, mais de Marek.)

Les autres (les autres Kupczynski, j'entends) ne semblent pas trop se poser de questions sur leur identité. Pour Karol, aucune hésitation possible: il est Américain à cent pour cent (probablement même à cent cinquante pour cent). S'il a un regret, c'est de ne pas pouvoir être un jour président des États-Unis. Au cas où tu ne le saurais pas, le président doit absolument être né aux USA. Alors, à moins qu'ils ne changent la loi d'ici quelques années, mon pauvre frère n'a aucune chance (pour le moment, il se contente de rêver d'être secrétaire d'État — comme Kissinger — ou leader de la Chambre...). Sophie, elle, a choisi la musique comme patrie, comme univers, comme passion. Elle se sent chez elle partout où elle peut donner libre cours à cette passion, et se sentirait exclue uniquement d'un monde où la musique serait bannie — ce qui, jusqu'à preuve du contraire, n'est le cas ni aux États-Unis, ni en France, ni même en Pologne… Quant à Andrzej, il est Polonais. Même que, parfois, je trouve qu'il joue un peu trop bien son rôle de Polonais en exil. Nostalgique, malheureux… Mais je suis sans doute injuste avec Andrzej. Ce n'est pas un rôle. Il est nostalgique (because la Pologne et l'exil) et malheureux (because Hélène, et surtout l'absence d'Hélène — en passant, tu te souviens de Sandra, l'amie qu'il avait traînée à la fête, l'été dernier? Elle n'est plus dans le décor. Je suppose qu'elle en a eu assez de disputer Andrzej à une morte…).

Il reste moi, et je ne sais plus du tout où j'en suis, Cassiopée. Je me sens mal dans ma peau et dans ma tête.

Écris-moi. Écris-moi beaucoup, longtemps. Écris-moi tes lettres un peu folles, un peu délirantes. Écris-moi tous ces mots que tu puises chez les poètes et qui sont si beaux. Raconte-moi Éluard et les autres. (Au fait,

il doit bien y avoir des poètes, au Québec?
Parle-moi d'eux, aussi.) Mais, de grâce,
écris-moi. Je me trompe peut-être, mais j'ai
l'impression que tu m'écris moins, depuis
quelque temps...

Petit coup au cœur, en lisant ça. Et grand coup de culpabilité. Il a raison, Marek. J'écris moins. J'écris moins souvent et, quand j'écris, c'est surtout pour parler d'itinéraires et de kilométrage...

Je ne m'en étais pas rendu compte, et je serais bien en peine de dire quand s'est produit ce... cette... J'allais dire «ce désintérêt» ou «cette rupture», mais ce n'est ni un désintérêt, ni une rupture (non, oh non!). Alors, comment nommer cette chose qui nous arrive, qui m'arrive, et qui me fait un peu peur? Un éloignement? Un refroidissement? Un relâchement? Un relâchement... Oui, peut-être. Un relâchement du cœur, de l'esprit et de l'écrit. Depuis quelque temps, Marek ne m'obsède plus à longueur de jour et de nuit. Je ne me meurs plus d'amour pour lui. Je ne me languis plus de lui comme avant. (J'aime bien ces expressions, «se mourir d'amour», «se languir»: elles ressemblent à ce qu'elles signifient. Je n'ai qu'à les dire ou à les écrire, et voilà que me vient l'image d'une Cassiopée en longue robe vaporeuse, nonchalamment étendue sur une espèce de divan ancien, en train d'agiter mollement un éventail un peu fané. Alanguie. Languissante. Tout ça dans des teintes un peu délavées. Crème, rose, ivoire.) Donc, je ne me languis plus. Je pense à lui souvent. J'ai hâte à l'été prochain. Je prends avec régularité mes petites pilules anti-bébé. Mais c'est tout. Le reste du temps, je fais autre chose, je pense à autre chose.

....

Oh! et puis arrête de tourner autour de la casserole, Cassiopée! Si j'étais honnête (serai-je honnête?), j'admettrais que je sais bien quand ça a commencé. Ça a commencé quand j'ai senti que je faisais de l'effet à un dénommé François. Et si j'étais vraiment vraiment honnête, je dirais que j'ai senti ça avant même la séance de cinéma (qui a d'ailleurs été suivie de trois autres, jusqu'à maintenant).

Oui, j'ai senti de l'intérêt de la part de François, et, non, je n'ai rien fait pour le décourager. Ni pour l'encourager, d'ailleurs! (Menteuse, menteuse, me souffle une petite voix qui doit être ce qui me reste de conscience. Tu aurais pu carrément refuser d'aller au cinéma avec lui. Tu aurais pu te montrer sous ton plus mauvais jour: cheveux gras, boutons, humeur de chien... Au lieu de ça, tu joues à la fille sympathique, tu t'arranges pour être à ton avantage quand tu sais que tu vas voir François... Tu t'es mise à t'intéresser à l'état du monde et à Amnistie Internationale, tu parles de ce qu'il aime et tu l'écoutes parler. Oh! tu glisses le nom de Marek dans les conversations, bien sûr, comme pour te protéger, mais un nom, ma belle, ce n'est pas un bouclier magique, ça ne protège pas de tout. Et, d'ailleurs, dis-moi si je me trompe, il me semble que tu le glisses de moins en moins souvent, le nom de Marek, dans les conversations... Et ne va pas dire que, quand le bras de François frôle le tien, par inadvertance, bien sûr, par inadvertance, ne va pas dire que tu n'en tires pas un certain plaisir... Pas vrai? Tu ne le lui laisserais jamais savoir, cela va de soi, mais ça te trouble, Cass, ça te trouble.)

«Merde!» dis-je à haute et intelligible voix à ma petite voix. «Merde, merde et remerde! Voudrais-tu me faire passer pour une coquette, une hypocrite et une menteuse, par hasard?»

Mais la petite voix ne répond pas, et j'en déduis qu'il faut que je tire mes conclusions moi-même, ce qui ne me plaît pas plus qu'il faut, j'aime autant vous le dire.

*
* *

Je voudrais effacer ce que j'ai écrit l'autre jour. L'effacer et qu'il n'en reste rien, ni dans mon cahier, ni dans ma tête. Parce que, depuis que j'ai écrit ça, je ne sais plus où j'en suis.

Depuis que c'est écrit, depuis que ça apparaît bleu sur blanc dans mon cahier-journal, ça a l'air plus vrai, plus réel, l'intérêt de François à mon égard. Et le mien à son égard. Tant que ça n'a pas été écrit, ça n'existait pas. Depuis que c'est écrit, ça existe. Peut-être même que ça existe *parce que* c'est écrit.

Et, maintenant que ça a été écrit, je sais bien que ça n'arrangerait rien que je l'efface, ou que je déchire la page. Parce que ça n'existe pas que sur le papier. Ça a envahi la réalité.

*
* *

Est-ce que c'est mal de se sentir flattée parce qu'un garçon nous trouve de son goût? Est-ce que c'est mal de ne pas trop essayer de le décourager sous prétexte qu'on a un chum ailleurs? Est-ce que c'est mal de ne pas parler de tout ça au chum en question?

Je ne sais pas.

Peut-être bien que je suis coquette, hypo-crite et menteuse. Je ne peux pas dire que ça m'enchante (c'est drôle, mais on dirait qu'il y a des degrés, dans les défauts: gourmand ou paresseux, à la rigueur, c'est presque sym-pathique; hypocrite et jaloux, c'est et ça res-tera détestable – et, tant qu'à avoir des dé-fauts, j'aimerais autant qu'ils penchent du côté sympathique)...

*
* *

Est-ce que Pauline aurait raison? Loin des yeux, loin du cœur. Amour d'été, amour vite oublié.

Mais je ne veux pas qu'elle ait raison! Je ne veux pas! Et je ne veux pas non plus que quelques lignes écrites dans un moment de découragement fassent chavirer mon amour pour Marek.

J'aime Marek, et je n'aime que lui. Cet été, nous allons passer des semaines merveil-leuses ensemble, et mes vagues (très vagues) émois du côté de François seront vite oubliés (j'ai d'ailleurs déjà commencé à les oublier).

D'ici là, ma conduite est claire: je cesse les sorties à deux avec François, je ne lui montre plus qu'une sympathie très très distante, et je reviens à Marek en pensées et en lettres.

Et pour commencer, voyons un peu ce qu'il y a en poésie québécoise...

Chapitre 7

Tout le monde s'acharne contre moi, à commencer par Karine, qui est bien gentille, mais qui se mêle un peu trop de vouloir réconcilier tout le monde.

Ce matin, elle m'a abordée à la bibliothèque.

«Qu'est-ce qui se passe, Cass, entre François et toi? Depuis que Suzie agit de façon à peu près civilisée avec Miguel, on dirait que c'est toi qui t'es mise à persécuter François... Est-ce que c'est par amour, toi aussi?»

(La dernière phrase dite sur un ton passablement ironique.)

«Non! De toute façon, c'est quoi, ces idées-là? Je ne le persécute pas, François. Je ne lui ai rien fait de mal, à ce que je sache. Je ne me suis pas chicanée avec lui.

— Non, mais... On dirait que tu ne veux plus le voir, que tu le fuis.

— Les grands mots!

— C'est vrai, Cass. Avant, vous vous voyiez souvent, vous faisiez des choses ensemble. Là...

— Là, je suis occupée, imagine-toi donc. Mon dernier bulletin était minable, et j'ai décidé de me reprendre en main. Tu n'as rien contre ça, j'espère? Et puis, si tu veux savoir, entre François et moi, il n'y a jamais rien eu. Rien de rien de rien!

— Pourtant...

— Il n'y a pas de "pourtant"! Ce n'est pas parce que, pour Samuel et toi, c'est le grand amour, ni parce que Suzie et Miguel fondent en se tenant la main et en se regardant dans le blanc des yeux qu'il faut nécessairement que j'en fasse autant avec François! François, c'est un bon copain, comme vous tous, et rien de plus. Je le vois quand je vous vois, et c'est très bien comme ça. Pourquoi tu voudrais que ça change?»

Karine m'a fait un sourire un peu condescendant, style «ma pauvre fille, qui essaies-tu de tromper?», puis elle est sortie de la bibliothèque. Je suppose qu'elle est allée faire son rapport aux autres membres de la gang...

En fait, dans la gang, la seule qui semble assez peu intéressée à savoir ce qui m'arrive, c'est Suzie, croyez-le ou non. Elle est tellement préoccupée par ce qui lui arrive à elle qu'elle en oublie tout le reste (heureusement pour moi!). Ce qui est drôle, c'est que Suzie, la fonceuse, la fille qui veut toujours tout expérimenter, eh bien, Suzie vit avec Miguel un amour romantique, amoureux et très chaste. Je me demande même s'ils se sont déjà caressés d'un peu près. Comme quoi Suzie réussira toujours à m'étonner...

*
* *

Une autre qui veut savoir ce qui se passe entre François et moi, c'est ma mère, Josée Bérubé en personne.

«Cass, qu'est-ce qui arrive avec le garçon que tu voyais de temps en temps? Le maniaque des films et des ruelles...»

«Le maniaque des ruelles»: elle a de ces expressions, ma mère. François ne rôde quand même pas dans les ruelles, un couteau entre les dents, à la recherche de petites filles à violer ou à égorger.

«François?

– Ouais, François... Et ne prends pas un

air surpris comme ça, tu sais très bien de qui je parle et de quoi je parle.»

À elle aussi, j'ai débité ma petite histoire. Il ne se passait rien avec François, il ne s'était jamais rien passé avec François, si je le voyais moins, c'était pour étudier plus, c'est tout, et il ne fallait pas en faire tout un plat.

«Et c'est d'étudier plus qui te rend d'une humeur aussi massacrante?» m'a demandé ma perspicace mère avant d'ajouter, perfide: «C'est bizarre, d'ailleurs, je n'avais pas remarqué que tu étudiais tant que ça...

— Parce qu'en plus tu m'espionnes, maintenant?»

Maman n'a pas répondu à ça. Elle est restée silencieuse un moment. Puis elle s'est remise à parler, sérieusement, cette fois, gentiment et sans ironie.

«Tu sais, Cass, tu n'es pas obligée de t'acharner à sauver ton amour avec Marek. Dans la vie, il arrive qu'on se rende compte qu'on s'est trompé et que notre amour, qu'on croyait plus grand et plus fort que tout, ne résiste pas au temps, ou à la distance, ou à de nouvelles rencontres qu'on peut faire. Aimer quelqu'un qui est au loin, ce n'est pas simple...

— Non, ce n'est pas simple, et puis après? Tu voudrais que j'oublie Marek, parce que "ce n'est pas simple", et que je me jette sur François? Tu trouves que ce serait plus pratique?

C'est ça que tu veux pour moi, c'est ça que tu me souhaites, un amour "pratique"? Un petit amour étriqué et facile, un petit amour qui ne dérange rien, un petit amour à portée de la main? Est-ce que tu as toujours pensé ça, ou ça t'est venu en vieillissant, ce goût pour la facilité? En tout cas, moi, je ne veux pas vieillir comme toi, installée confortablement entre mes pantoufles et un gros bonhomme chauve! Moi, j'aime Marek, que ça te plaise ou non, et je vais continuer à aimer Marek! Même si ce n'est pas "facile"!»

Si je ne suis pas partie en claquant la porte, c'est qu'il n'y a à peu près plus de portes, dans cette maison, depuis que maman et Jacques se sont lancés dans de grandes rénovations. Mais il me semble que ça m'aurait fait du bien, de claquer une porte bien solide, bien sonore, qui aurait fait vibrer la cabane jusque dans ses moindres recoins...

Je regrette juste une chose, c'est d'avoir traité Jacques de gros bonhomme chauve. Il y a longtemps que j'ai cessé de ne voir que ça, chez lui.

*
* *

Et, forcément, il y a quelqu'un d'autre

que mon attitude intrigue: François. Après tout, c'est lui le principal intéressé.

La première fois qu'il m'a téléphoné pour aller au cinéma et que j'ai dit non, il n'a pas eu l'air de s'inquiéter (d'ailleurs, pourquoi se serait-il inquiété?). «Ce sera pour une autre fois, a-t-il dit. Ciao!» Évidemment, je n'ai pas fait exprès de lui dire qu'il n'y aurait pas d'autre fois.

La deuxième fois, il a suggéré de reporter notre sortie au lendemain. Quand j'ai dit non, il a eu l'air surpris.

La troisième fois, il n'y est pas allé par quatre chemins. Il faut dire aussi que j'avais commencé à lui servir mon attitude de «sympathie distante» (plus distante que sympathique, d'ailleurs) et qu'il se doutait enfin de quelque chose.

«Qu'est-ce qui se passe, Cass? Qu'est-ce que je t'ai fait?

— Rien.

— Alors pourquoi tu me fuis?

— Je te fuis pas.

— Cass...»

J'ai ouvert la bouche, prête à lui offrir mes excuses habituelles. L'école, l'étude, les préparatifs du voyage avec Marek... Et puis mes mots m'ont trahie, et je me suis entendue dire, d'une voix tremblante:

«C'était trop compliqué, François, ça ne pouvait pas durer.

– Le cinéma?

– Pas le cinéma. Tout le reste.»

Pendant un moment, il est resté silencieux au bout du fil. Je me suis demandé s'il était encore là. Puis il a repris la parole, d'une voix un peu hésitante.

«Puisqu'il faut en arriver là... C'est à cause de Marek?»

Je n'ai pas trop su s'il s'agissait d'une question ou d'une affirmation.

«Oui, ai-je quand même soufflé dans le récepteur.

– Pourtant, Cass, dans les faits... Il ne s'est rien passé que... que Marek n'aurait pas approuvé.

– ...

– Cass?

– Non, il ne s'est rien passé...

– Alors, pourquoi tu as l'impression d'avoir trahi Marek?»

J'ai grimacé, à mon bout du téléphone. Il posait de trop bonnes questions, François, et avec des mots trop précis.

«Alors?

– ...

– Alors si c'est pas dans les faits que tu as l'impression d'avoir trahi Marek, est-ce que ce serait dans ta tête ou...

— Fais-moi pas dire ce que je veux pas dire, François Corriveau!»

Avant de raccrocher, j'ai cru l'entendre rire. Mais c'est peut-être juste moi qui suis paranoïaque.

*
* *

Pour une fille qui veut oublier François et se consacrer à Marek, je trouve que je parle beaucoup trop du premier et pas assez du deuxième... (Disons que je voulais mettre les choses au clair dans ma tête et sur papier et que, pour ça, il me fallait absolument parler de François.)

Quant à Marek... on se voit dans un tout petit peu plus qu'un mois (trente-huit jours), et, en attendant, en l'attendant, je me suis replongée dans la poésie. Inutile de dire que mes efforts, côté étude, n'ont pas duré longtemps. De toute façon, dans ce qu'on nous apprend à l'école, il n'y a pas grand-chose qui m'intéresse... Le français, à la rigueur (et encore, pas tout). Il me semble que ce qui se passe dans ma vie est drôlement plus important que quelques équations, quelques formules de physique ou des dates depuis longtemps oubliées...

Par contre, la poésie... Et Marek...

Chapitre 8

Demain, je vais être dans le Guinness (pas la bière, le livre des records)! En compagnie de 34 999 autres personnes, ce qui m'enlève peut-être un peu de ma gloire. Mais si peu, si peu...

Le Tour de l'Île, autrement dit les soixante-dix kilomètres à bicyclette autour de l'île de Montréal, a été officiellement reconnu comme «le plus grand rassemblement cycliste au monde». Impressionnant, non?

Heureusement, les départs se font graduellement, ce qui va peut-être m'éviter d'être noyée dans la foule et paralysée avec ma bicyclette. (Peut-être!)

En attendant, j'essaie de dormir, afin d'être en forme pour demain. Mais, comme toujours à la veille de quelque chose d'important, je n'arrive pas à fermer l'œil.

Je pense au Tour de l'Île, je pense à Marek (oui, oui), je pense à François (non!)... Avec un peu de chance, je vais réussir à grappiller quelques heures de sommeil avant d'aller retrouver le fameux François (ainsi que Suzie, Miguel, Karine, Samuel et Jasmine, Dieu merci!) et d'entreprendre le grand pédalage.

*
* *

Bloup. Woups. Ouf. Boudoumboudoum. C'est fait. Ou plutôt, je l'ai fait.

Il faisait beau (mais je l'ai vite oublié). Il faisait chaud (ça, malheureusement, pas moyen de l'oublier). Il y avait foule (disons que je m'y attendais). Et soixante-dix kilomètres, c'est long (sans compter l'aller et le retour, mais, bon, je ne vais pas me mettre à rechigner pour quelques malheureux petits kilomètres). Bref, je suis morte (et ça, c'est rien, j'ai hâte de voir de quoi je vais avoir l'air demain...). J'ai mal au dos, aux mains, aux cuisses. J'ai les fesses en compote. Et le cœur.

Qu'est-ce que le cœur peut bien avoir à faire avec la bicyclette? se demanderont certains. Avec la bicyclette, je ne sais pas. Mais avec les retours de bicyclette, à peu près tout...

François et moi, nous avons été les seuls de la gang à faire le Tour de l'Île au complet. Les jambes tremblantes et la langue à terre, mais on l'a fait.

Après, on est descendus de bicyclette, on a bu le berlingot de lait gracieusement offert par la Fédération des producteurs de lait du Québec, on a soufflé deux minutes et on a décidé de rentrer chacun chez soi.

C'est là que les difficultés ont commencé.

Mes fesses ont refusé obstinément de remonter sur la selle qui les avait malmenées pendant toutes ces heures. J'avais beau les raisonner, les supplier, les menacer, elles n'ont rien voulu savoir. Pas question qu'elles se posent sur cette chose avant... avant au moins deux jours!

J'ai jeté un coup d'œil à François. Je ne sais pas si, lui aussi, c'était ses fesses qui le faisaient souffrir, mais je sais que lui aussi lançait un regard dégoûté vers son vélo. Il m'a regardée, il a vu mon air, et on a éclaté de rire en même temps.

«Ça nous apprendra à vouloir jouer les athlètes! a hoqueté François. Mais comment on va rentrer chez nous, dans cet état-là?»

Finalement, comme dit Prévert,

on est revenu à pied
à pied tout autour de la terre
à pied tout autour de la mer
tout autour du soleil
de la lune et des étoiles
À pied à cheval en voiture et en bateau à
voiles.

(Du moment que ce n'était pas à bicyclette...)

À pied, et en poussant nos engins de
malheur. Ce n'était sans doute pas la so-
lution la plus rapide, mais c'était sûrement la
plus sûre, et celle qui permettrait à nos
pauvres muscles endoloris de revenir peu à
peu à la normale.

À pied, donc, et en empruntant le chemin le plus biscornu qui soit: les ruelles. Les
ruelles chères à François.

À pied, par les ruelles, et en silence.

Ainsi, de ruelles miteuses en ruelles re-
vampées, et de ruelles vides en ruelles meu-
blées de matelas éventrés et de sofas dé-
foncés, nous avons fini par aboutir derrière
chez moi. (C'est rare que je passe par derrière, et je suis toujours étonnée de voir l'allure que ça a.)

Et là, sans dire un mot, sans prévenir, sans me laisser le temps de l'en empêcher, François s'est tourné vers moi et m'a agrippé la tête sans douceur (même que sa montre s'est prise dans mes cheveux et que ça tirait). Puis, nos bicyclettes s'enchevêtrant entre nous deux, il m'a embrassée. Pas doucement, pas gentiment, pas délicatement. Pas comme quelqu'un de civilisé, quoi. Mais brutalement, avec une langue rageuse et des dents qui semblaient vouloir me manger. Ou me mordre.

Sur le coup, je suis restée figée. Je me suis laissé faire. Bizarrement penchée au-dessus des bicyclettes, la tête prise comme dans un étau, j'étais douloureusement consciente d'une pédale qui me meurtrissait un tibia (le droit) et d'une poignée qui s'enfonçait dans ma hanche gauche, et je me suis dit que j'aurais de beaux bleus, le lendemain, en plus des courbatures. Je me suis dit aussi qu'il était drôlement vigoureux, François, pour un gars épuisé...

Et puis, comme une énorme bouffée de chaleur, la colère m'a envahie. J'ai retrouvé l'usage de la parole et de mes membres à peu près en même temps, et j'ai repoussé François de toutes mes forces.

Les bicyclettes se sont effondrées un peu plus avec un cliquetis de ferraille vaguement inquiétant, mais nous n'y avons porté attention ni l'un ni l'autre.

Je tremblais de colère, de rage, de déception.

«Non mais, ça va pas! Ça t'arrive-tu souvent de sauter sur le monde comme... comme un sauvage? Va-t'en, François Corriveau, pis j'veux plus jamais te voir!»

Ma voix était criarde, trop aiguë, trop forte. Si je continuais, j'allais ameuter tout le quartier.

Je me suis efforcée de retrouver un peu de mon calme.

«Écoute, je sais pas pourquoi t'as fait ça. Mais t'aurais pas dû. Le style homme des cavernes qui tire sa femelle par les cheveux, ça m'intéresse pas. Si ce que tu voulais prouver, c'est que tu es plus fort que moi, bravo, t'as réussi! Mais si tu pensais me séduire avec ton numéro d'homme des bois, ben là laisse-moi te dire mon petit gars que t'as pas réussi du tout! J'ai déjà pensé...»

Je me suis arrêtée. Un, parce que ma voix recommençait à monter et à trembler dangereusement. Deux, parce que je ne voulais pas lui dire que je lui avais déjà trouvé un bon nombre de qualités.

«Va-t'en, c'est tout ce que je te demande. Et laisse-moi tranquille à partir de maintenant.»

Pendant tout ce temps-là, François m'avait écoutée sans rien dire. Il était rouge, plus échevelé que d'habitude et un peu essoufflé, mais il ne semblait pas particulièrement catastrophé par mes cris. Il était juste très attentif.

Quand j'ai eu fini, je me suis penchée et j'ai récupéré ma bicyclette. Au moment où j'ouvrais la porte de la cour, François a enfin dit quelque chose.

«O.K., je m'en vais. Et je promets de ne plus te sauter dessus sans ton consentement. Mais je ne regrette rien et je ne promets pas de te laisser tranquille, si te laisser tranquille ça veut dire m'effacer complètement. Il faut quand même que tu te rendes compte qu'il n'y a pas que Marek...

– Laisse Marek tranquille! Il n'est même pas là pour se défendre. Et, de toute façon, tu n'arrives même pas à la cheville de Marek!»

Heureusement qu'il y a encore une porte de cour. J'ai donc pu la refermer à toute volée pour bien montrer ma rage et ma volonté d'en finir là avec notre conversation. Ça n'a pas fait beaucoup de bruit, mais ça a fait du vent. Enfin, un petit courant d'air.

Chapitre 9

Rien à dire des dernières semaines, sinon que les périodes d'examen ne s'améliorent pas avec les années, et que j'ai particulièrement hâte que tout ça soit fini.

Le dernier numéro du journal est sorti. François parlait de la Pologne et des dangers des courants d'air dans les ciné-parcs (?); Karine, du spectacle multiculturel de fin d'année; Samuel, de la fusion à froid qui est peut-être une illusion; Miguel, des éliminatoires de la coupe Stanley; Suzie, de polarité; et moi, oui moi, de *La Vie devant soi* et de Gaston Miron.

Je suis contente que l'année se termine et qu'il n'y ait plus de réunions pour le journal parce que la situation est de plus en plus pénible entre François et moi. Moi, d'un côté, je suis soulagée: son «agression» de l'autre jour m'a tellement fâchée que je ne veux plus rien savoir de lui. Je peux donc m'emplir la tête et le cœur de Marek sans arrière-pensées, sans réserves et sans remords...

D'un autre côté, j'en ai assez de subir les regards étonnés de tout le monde depuis que j'essaie d'éviter François. Lui, fidèle à sa promesse, ne rate aucune occasion de venir me parler. Et toujours des sujets les plus saugrenus. De fantômes et d'ectoplasmes, de vinaigrette à l'ail et d'apartheid, d'*Indiana Jones* numéro trois et de *Jésus de Montréal*. Je lui lance chaque fois des regards furieux, mais lui, il a l'air de trouver ça normal. Il ne fait même pas de grimaces ni de grands sparages. Il se contente d'être beau, drôle, intéressant. (J'avoue que ça m'embête. J'avoue même que je préférerais lui voir un air malheureux, ou repentant, ou torturé... Mais là, j'ai plutôt l'impression qu'il rit de moi – et je n'apprécie pas tellement.)

*
* *

Encore quatre jours d'examens, un party, huit jours de flottement... et Marek arrive!

Plus que neuf jours.

Ce soir, c'était le party, mais, finalement, je n'y suis pas allée.

François m'a laissé un message sur le répondeur téléphonique, mais je ne l'ai pas rappelé.

Je me fous de tout ce qui n'est pas Marek.

Encore une semaine. Sept jours, à peu près 160 heures, plus ou moins 10 080 minutes, quelque chose comme 604 800 secondes.

Je ne tiens plus en place. Je mets des disques que je n'entends pas, je prends des livres que je laisse au bout de trente secondes dans les endroits les plus incongrus (ça va du réfrigérateur à la poubelle en passant par la sécheuse et les pots de fleurs), je m'assois, je me lève, je m'étends, je me relève, je vais de ma chambre au salon et du salon à la salle de bain (quand je ne sais pas quoi faire, je finis toujours par aboutir dans la salle de bain, en général devant le miroir, à me tripoter un bouton par-ci, un point noir par-là, ou à rechercher quelque horrible poil qui aurait échappé à mon minutieux examen de la veille – ou de cinq minutes auparavant). Bref, je tourne en rond.

Ou, plutôt, je tournais en rond depuis deux jours (depuis le dernier examen, quoi), jusqu'à ce que j'effectue le petit calcul ci-dessus. Et, en fille raisonnable que je suis (?!?!?!), je me suis dit que je n'allais quand même pas tournicoter comme ça pendant 604 800 secondes. D'abord parce que c'est la meilleure façon d'attraper le mal de mer. Ensuite parce qu'il doit sûrement y avoir des choses plus utiles à faire. Il suffit juste de trouver lesquelles.

Moi qui ne rêvais que de voir l'école se terminer, voilà que je me mettrais bien un petit devoir ou quelques pages d'étude sous la dent. Je ferais même un peu de ménage, si ça pouvait faire passer les secondes en accéléré. Mais même cela m'est refusé, puisque, depuis quelques mois, la maison est resplendissante. Impeccable. Comme un sou neuf. Tout cela parce que Jacques est un maniaque du ménage. Tous les soirs, il consacre une petite demi-heure à rectifier tout ce qui pourrait clocher dans notre douillet intérieur, et le dimanche matin, beau temps mauvais temps, il est debout à six heures et demie (six heures et demie!) pour quelques heures bien remplies d'époussetage, nettoyage, aspirage... Le pire, ou le mieux, c'est qu'il ne nous demande même pas de l'aider! Il préfère d'ailleurs que nous ne l'aidions pas, nous pourrions saccager son beau travail...

Alors, sans baignoire bien crasseuse à récurer et sans plancher moutonneux à balayer, j'ai décidé de sortir ma bicyclette. Ce n'est pas le temps de négliger mon entraînement.

*
*   *

Ça me calme, pédaler. Il y a des tas de flashes qui me passent par la tête.

Des bouts de chansons ou de comptines qui viennent du fin fond de mon enfance (les douze mois de l'année sont janvier, février...), des bouts de phrases venues du passé ou inventées pour plus tard, des jeux (le plus de mots possible commençant par m... maison, manon, musique, madrigal, mendiant, marelle, marek, marek, marek). Marek. Qui sera là bientôt. Et avec qui...

Je pédale et je rêve. Je pédale et j'invente. Je pédale et j'attends. J'attends.

*
*   *

«On va l'installer dans ta chambre?» a demandé ma mère, et, sur le coup, je n'ai pas compris.

«Quoi?

– Pas "quoi", "qui". Marek.»

J'ai compris, mais je ne comprenais pas. Elle veut coucher Marek dans ma chambre? Dans mon lit? Avec moi?

«Non!

– Mais...

– Non!»

J'étais bouleversée, au bord des larmes, et maman n'a pas insisté.

«On pourrait lui installer un lit de camp dans un coin du bureau..., a-t-elle fini par murmurer.

– Bonne idée!»

Mais qu'est-ce qui lui prend, à ma mère, de jouer les mères cool et compréhensives? Pourquoi elle ne me sort pas son numéro de mère inquiète, protectrice, un peu sévère? Il me semble... il me semble que ce serait plus facile.

Pourquoi elle ne comprend pas que ce qui se passe entre Marek et moi, c'est notre affaire? Je ne veux pas qu'elle s'en mêle, qu'elle nous arrange tout ça, qu'elle supervise notre première nuit ensemble. Et après, elle voudrait quoi, au juste, qu'on lui rende des comptes? Qu'on lui présente le drap taché de sang?

C'est vrai, j'ai vu un film où ça se passait comme ça. Un film algérien, je crois. Pendant la nuit de noces, après avoir défloré sa nouvelle épouse, l'homme devait sortir et présenter, à tout le village massé devant sa porte, le drap de la couche nuptiale, taché du sang garantissant la virginité préalable de l'épousée...

C'était à la fois atroce et hallucinant.

J'ai vu le film avec François (pourquoi faut-il que je pense à lui, et à ce propos, encore!), et nous sommes sortis du cinéma un peu assommés. Un peu gênés aussi.

Le lendemain, j'ai parlé du film à Suzie, et elle m'a dit que c'était une pratique encore assez répandue. Moins qu'avant, mais encore assez.

«Et, tu sais, a-t-elle ajouté, j'ai vu un reportage, une fois, où un médecin racontait comment, chirurgicalement, il pouvait "refaire une virginité" à une femme...

— Mais c'est affreux! S'abaisser à ça pour flatter leur orgueil de "mâle"! C'est... dégradant. Je ne comprends pas comment elles font pour supporter une telle indignité, une telle atteinte à leur intimité, à leur intégrité...»

Suzie m'a regardée avec des yeux ronds.

«Hé! Mais ce sont mes répliques que tu es en train de me réciter là! Où allons-nous si tu te mets à fulminer/féminister plus que moi?»

Et la discussion s'est terminée dans des rires.

Mais j'y ai repensé. Et j'ai repensé aux cérémonies de mariage. Et même à l'idée de mariage.

Et je me suis rendu compte que c'est une idée qui me répugne. Pas nécessairement pour de grandes et belles raisons, ou pour de nobles idéaux. Juste parce que je ne supporterais pas que tout le monde sache que, quelques heures plus tard, j'aurais ma «nuit de noces». Que, quelques heures plus tard, je serais nue avec un homme et que nous serions en train de faire l'amour. Et quand je dis tout le monde, c'est tout le monde, y compris les gens à qui on n'avouerait même pas qu'on fait de l'eczéma ou du pied d'athlète... Beurk!

Non, moi, la première fois, je veux que personne ne le sache. Je ne veux pas avoir à affronter un paquet de regards interrogateurs ou d'allusions grivoises. Je veux un peu d'intimité, bordel! (Excusez l'exclamation, mais ça me semblait approprié...)

*
* *

Plus que cinq jours.

En panique, petite séance d'épilation, petit tour chez la coiffeuse, petite razzia dans les magasins. J'ai refait une provision de t-shirts, de shorts, de petites culottes et de soutien-gorge.

En payant tout ça, j'ai repensé à ma mère, la fois où elle est allée à New York avec Jacques, la fois où, pour eux, c'était la première fois. La fois des dessous de dentelle. Je me souviens que j'avais trouvé ça un peu ridicule, ces achats, un peu bête. Et voilà que moi aussi je m'y mettais! Je ne m'étais pas lancée dans la dentelle (ça pique, et je trouve que ça fait un peu trop madame), mais j'avais choisi des dessous légers et jolis, dans des couleurs pâles et jolies... C'est que je ne voulais pas être vue dans des culottes aux élastiques avachis, moi, ou dans des soutien-gorge grisâtres!

(Pourquoi, mais pourquoi on n'a pas fait l'amour l'été dernier, quand je n'avais même pas eu le temps de penser à tous ces détails vestimentaires et vaguement sordides?)

*
* *

Encore trois jours.

François est venu, et je n'ai pas pu lui fermer la porte au nez. Pas parce que je n'aurais pas voulu, mais parce qu'il l'avait coincée avec son pied (il a vu trop de films policiers, ce gars-là).

«Je suis peut-être mauvais perdant, mais...

– Mauvais perdant?! Perdant de quoi? Pour être perdant, il aurait fallu qu'il y ait un concours, une compétition, quelque chose comme ça... À ce que je sache, ce n'est pas le cas.

– Tu sais bien que oui.»

Je n'ai pas répondu. Qu'il s'explique s'il voulait s'expliquer. Je ne lui faciliterais pas la tâche.

«Tu sais très bien qu'il y a une compétition entre Marek et moi.

– Non. J'aime Marek. Toi, je ne t'aime pas.»

Il a grimacé, mais il a continué.

«Mais ce n'est pas juste, comme compétition. Ce n'est pas juste qu'un gars qui s'appelle François Corriveau ait à lutter contre un fantôme romantique qui s'appelle Marek Kekchozski. Ce n'est pas de Marek que tu es amoureuse, c'est de l'idée de Marek.»

J'ai éclaté de rire.

«C'est toi qui as des idées romantiques. "Amoureuse d'une idée!" Marek, ce n'est pas une idée, c'est un gars que je connais, que j'ai touché, qui m'a touchée, qui m'a caressée et embrassée, et pas mal mieux que toi, si tu veux savoir! Un gars que je vais revoir dans trois jours, avec qui je vais passer sept semaines, sept semaines, tu m'entends, et on ne va pas jouer aux dames tout ce temps-là! Je n'ai pas besoin de toi dans le décor, je n'ai pas besoin de toi tout court! Je te l'ai déjà demandé, et ça n'a pas marché, mais je vais te le demander encore une fois: laisse-moi tranquille. Va-t'en. Ce n'est pas parce que tu m'aimes que ça veut dire que moi je t'aime.

– Je n'ai pas dit que je t'aimais.»

Long silence. C'était vrai, il ne m'avait jamais dit qu'il m'aimait.

«Mais... si tu me cours après comme ça...»

J'avais l'air fine, en train d'essayer de le convaincre qu'il m'aimait!

«Si je te cours après comme ça, c'est que je crois que je pourrais t'aimer et que tu pourrais m'aimer... si tu nous laissais une chance.»

Misère! Tu parles d'un raisonnement. Ce gars-là me harcèle parce qu'il pense qu'il «pourrait» m'aimer!

«Va-t'en! ai-je fini par crier avec colère. Si t'as même pas de bonne raison de me coller après comme la teigne, pourquoi tu sacres pas ton camp d'ici et tu me laisses pas tranquille?»

Il est parti, après m'avoir lancé une dernière flèche:

«Tu voudrais que tout le monde t'aime. Tu fais tout pour te faire aimer. Mais, quand ça marche, tu te sauves à toutes jambes. À quel jeu tu joues, au juste?»

Je suis restée un long moment à regarder la porte fermée. À quoi je joue? Si au moins je le savais!

Et, avec tout ça, mon «idée romantique» qui arrive dans moins de soixante-douze heures... Qu'est-ce que je vais faire, mais qu'est-ce que je vais faire?

Chapitre 10

Finalement, j'ai fait ce que j'ai pu. Autrement dit, j'ai passé une soixantaine d'heures à me ronger les ongles et les sangs, j'ai piqué des crises de nerfs pour des tas de mauvaises raisons, j'ai changé de vêtements huit fois dans la demi-heure qui a précédé mon départ pour l'aéroport et, finalement, j'ai dû courir un bon coup pour attraper mon autobus pour Dorval.

Dans l'autobus, pour me donner du courage, je me suis répété, comme une formule magique ou comme une incantation, des vers de «La marche à l'amour», de Gaston Miron:

tu es mon amour
ma clameur mon bramement

(mon amour ma clameur mon bramement
mon amour ma clameur mon bramement
mon amour ma clameur mon bramement)

*je marche à toi, je titube à toi, je meurs de
toi*

(je marche à toi je titube à toi je meurs
de toi de toi de toi de toi de toi de toi de toi
de toi de toi de toi de toi)

*
* *

Il était plus petit que dans mon souvenir.
Plus pâle. Moins «tourmenté». Bref, plus
banal que l'image que j'en avais gardée.

Et ça m'a déçue. Déçue et désorientée.

Où était Marek, *mon* Marek? Où était
mon Polonais exotique et troublant, mon
«beau ténébreux» comme on dit dans certains livres? J'avais devant moi un garçon
sympathique, oui, mais ordinaire.

(J'ai pensé à François, qui croit que je
suis amoureuse d'une idée, à François, qui
est plus grand que Marek, plus beau aussi, à
François, que j'ai vite essayé de chasser de
mon esprit.)

Marek me regardait lui aussi sans dire un
mot, et je me suis demandé ce qu'il voyait,

de son côté. Une Cassiopée moins grande que dans son souvenir, peut-être, ou plus grosse, avec des cheveux plus raides, des seins plus... ou plutôt moins... (des seins qu'on ne remarque pas, quoi), des yeux plus petits, un nez plus visible...?

On devait avoir l'air de deux amoureux réunis par une agence de rencontres, et qui se voient enfin en personne, après avoir échangé des photos particulièrement flatteuses et des lettres dans lesquelles chacun s'est décrit sous son meilleur jour. Et là, découragé ou peut-être même insulté, chacun se dit «Quoi? C'est *ça*, l'amour de ma vie? *Ça*, "ma petite tourterelle roucoulante" ou "mon gros chien-chien d'amour"? ÇA??? Remboursez!»

À l'idée du remboursement, je n'ai pas pu m'empêcher de sourire. Et la tension est tombée. Marek et moi, on a enfin franchi les quelques pas qui nous séparaient depuis le début et qui semblaient infranchissables, et on s'est serrés fort, très fort, pas nécessairement comme des amoureux, mais au moins comme des amis heureux de se revoir.

«Cassiopée... Cassiopée... Ça a été long, tu ne trouves pas? Trop long...»

Sa voix, au moins, était restée la même. Chaude, basse, rocailleuse, un peu hésitante. J'ai fait oui de la tête. J'étais émue. J'étais ravie. Je ne savais pas si je devais rire ou pleurer.

J'avais retrouvé Marek.

*
* *

Le trajet entre l'aéroport et la maison a été épique.

Comme je voulais être seule pour accueillir Marek, j'avais refusé l'offre de ma mère qui voulait m'accompagner à Dorval.

«Mais, Cass, comment vous allez revenir?

— En autobus. S'il y a des autobus, entre le centre-ville et l'aéroport, c'est pour que les gens s'en servent, non?

— Oui, mais, les bagages?

— On a des bras...

— Et la bicyclette de Marek?

— Maman, arrête, veux-tu? On va se débrouiller...»

Et on s'est débrouillés. En sacrant un peu par bouts, mais on s'est débrouillés. Avec la bicyclette, la tente, le sac à dos, le sac de couchage... Avec l'autobus et le métro, les chaînes de trottoir et les escaliers... Quand on a fini par arriver à la maison, on était épuisés, trempés de sueur, et bien contents d'être rendus.

«Merde! s'est pourtant exclamé Marek

en s'affalant de tout son long dans le salon. Je n'ai même pas pris le temps de regarder Montréal!»

*
* *

Il a eu l'occasion de se rattraper dans les jours suivants. Je l'ai traîné partout. Dans le Vieux-Montréal et sur le mont Royal, au Stade olympique et au Jardin botanique, au parc Lafontaine et sur la rue Saint-Denis, sur la piste cyclable du canal Lachine et dans les grands magasins... Et après nos expéditions, immanquablement, on s'arrêtait au Dairy Queen du coin de la rue et on se payait un énorme cornet de crème glacée molle nappée de chocolat.

*
* *

Le soir, on met le point final à nos prépa-ratifs de voyage. Itinéraire précis, répartition des bagages en fonction du poids et de l'uti-lité, planification des derniers petits achats. Et délire à deux sur ce que seront ces se-maines de vacances.

On parle des baleines, bien sûr, et des îles

de Mingan. On parle de la bicyclette. On parle de Québec, où on va passer deux jours au début de notre périple.

En fait, il n'y a qu'une chose dont on ne parle pas, et c'est de notre intimité physique pendant ce voyage. Ça plane dans l'air et sous nos mots, ça donne des allures de sous-entendus à toutes nos paroles (même les plus innocentes), mais pas une fois nous n'avons évoqué nos futurs ébats ou notre proximité charnelle dans la tente (ou ailleurs). C'est d'ailleurs bizarre, quand on songe aux excès que Marek s'est permis dans ses lettres... Le pire, c'est que cette réserve verbale se manifeste aussi dans nos rapports physiques... L'été dernier, dans l'île, nous nous touchions beaucoup, nous nous embrassions, nous nous caressions. Cet été, c'est à peine si nous nous touchons. Nous nous tenons parfois par la main, mais si peu... Et nous nous embrassons rapidement sur la joue.

C'est clair, il y a un malaise, mais je ne sais ni d'où il vient ni comment le faire disparaître.

Ça promet...

*
* *

118

Petit journal, petit journal, dis-moi ce que me réserve l'avenir...

C'est demain que nous partons. Demain matin, à sept heures, nous prenons l'autobus pour Québec et nous nous lançons dans notre grande expédition.

Je devrais être heureuse. Je devrais avoir hâte.

Alors pourquoi est-ce que j'ai le goût de me sauver à toutes jambes, de préférence dans la direction opposée???

(Dans le fond, mon problème, c'est peut-être juste que je ne suis jamais contente. Peut-être que je vais passer ma vie à chialer contre tout et contre tout le monde. Joyeuse perspective...)

Petite consolation, on est au moins deux à s'inquiéter (peut-être même trois, avec Marek). Parce que ma mère s'inquiète, elle aussi. La lettre qui suit, et que j'ai trouvée sur mon oreiller il y a dix minutes, en est la preuve.

Cass, ma grande fille
(si j'osais, ce serait «Cass, ma petite fille»)

Cass, ma grande petite fille (est-ce que c'est un bon compromis?)

Tu pars demain pour un grand voyage. Un

grand voyage qui n'est pas juste long dans l'espace et dans le temps. Un grand voyage dont tu vas sortir changée, grandie.

Je sais que ça t'agace quand je me mêle de tes affaires, mais je vais m'en mêler quand même. Au moins pour te dire que je t'aime, que je te fais confiance, et que je te souhaite de vivre les prochaines semaines le plus intensément possible. C'est une belle et grande chose que l'harmonie des corps… quand les cœurs et les esprits sont aussi en harmonie.

Je te souhaite ça (du fond du cœur, le plus sincèrement possible) et, en même temps, je t'avoue que ça m'inquiète. Je ne veux pas te servir du «Attends d'être mère, tu vas voir ce que c'est…», mais c'est vraiment depuis que je suis mère – depuis bientôt seize ans! – que je comprends les angoisses de ma mère. «Ne rentre pas trop tard, ne bois pas trop, ne monte pas en voiture avec des amis qui ont bu, ne te laisse pas faire des choses, attention, attention, attention…» J'ai essayé de ne pas trop t'achaler avec ce genre de remarques, j'espère que j'ai réussi (malgré l'envie qui parfois me démangeait de te mettre en garde contre tout – et tous).

*Alors vas-y, fonce, va au bout de ton
amour pour Marek — si c'est vraiment ce
dont tu as envie. Et si tu te rends compte
que tu n'en as plus envie... alors attends.
On ne regrette jamais d'avoir attendu.*

*Bon, ça suffit, les conseils maternels. Bon
voyage, Cassiopée. Sois heureuse.*

Josée

*P.S. — N'oublie pas que je suis là, toujours,
et toujours prête à t'aider si tu as besoin de
moi. Pour quoi que ce soit.*

«On ne regrette jamais d'avoir attendu»,
qu'elle dit, ma mère. Je ne suis pas certaine
de partager son avis. Moi, ces jours-ci, j'aurais plutôt tendance à regretter de ne pas
avoir fait l'amour l'été dernier, quand tout
était tellement plus simple. Là, je me pose
des questions sur tout, et en particulier sur
mon amour pour Marek, sur le sens même du
mot amour... Un beau fouillis, quoi!
Depuis quelque temps, j'ai l'impression
que tout est plus compliqué qu'avant. Avant,
les choses étaient blanches ou noires, bonnes
ou mauvaises, permises ou défendues. Maintenant, tout baigne dans un gris plus ou

moins sale. Je n'aime pas le gris. Je n'aime pas les incertitudes.

J'ai peur de ce qui m'attend.

*
* *

Petite note tardive (je n'arrive pas à dormir... comme d'habitude): je l'ai bien aimée, la lettre de ma mère (ou de Josée, comme elle l'a signée). Mais je me demande pourquoi il faut toujours que les choses importantes soient dites par écrit. J'ai souvent l'impression de vivre par correspondance (et c'est pas évident que c'est ça que je veux faire de ma vie).

Chapitre 11

J'ai toute la confusion
d'un fleuve qui s'éveille

Gatien Lapointe
Ode au Saint-Laurent

Journal de bord – «Québec, berceau de la civilisation française en Amérique du Nord», dit mon guide touristique, qui ajoute que c'est la seule ville fortifiée au nord de Mexico et qu'elle a été la première ville nord-américaine à être inscrite sur la prestigieuse liste du patrimoine mondial de l'UNESCO.

J'étais fière de faire découvrir à Marek cette ville que j'avais l'impression de voir pour la première fois. J'y étais déjà allée, deux ou trois fois, mais jamais elle ne m'avait semblé si belle, si différente, si accueillante.

Pendant deux jours, nous avons donc joué aux touristes. Nous avons marché dans les petites rues tortueuses et abruptes, nous avons admiré le fleuve et le bout de l'île d'Orléans de la terrasse Dufferin, nous avons visité la Citadelle et sillonné les Plaines d'Abraham... Chaque fois que je le pouvais, c'est-à-dire pas très souvent, j'essayais de donner à Marek un peu de «contexte historique». Rien de tel pour mesurer l'étendue de mon ignorance! Je ne connais peut-être rien à l'histoire de la Pologne, mais je me rends compte que je ne suis guère plus ferrée dans l'histoire du Québec, ce qui est plus grave (et plus gênant!). Résolution (à peu près la millième de l'année): étudier ça de plus près dès que j'en aurai l'occasion (et quoi encore?).

*
* *

Québec, ça voulait aussi dire les premières nuits hors du domicile familial. Mais comme nous les avons passées à l'auberge de jeunesse, au milieu d'un paquet de monde, il ne s'est rien passé entre Marek et moi. Rien de sexuel, en tout cas.

Je dois dire que ça m'a plutôt soulagée.

*
* *

Journal de bord – Il y a à peu près deux cents kilomètres entre Québec et le Saguenay, et j'avais prévu couvrir cette distance en quatre jours.

Ça me semblait raisonnable, cinquante kilomètres par jour, pour ce début de voyage. Assez pour avoir l'impression d'avancer. Pas trop, pour nous permettre de nous habituer progressivement – et sans douleur – à nos bicyclettes et à notre nouveau rythme...

À l'aide d'une carte routière, j'avais donc fixé des étapes à peu près égales pour cette partie du voyage: Saint-Ferréol-les-Neiges, Baie-Saint-Paul, Port-au-Persil et enfin Tadoussac, de l'autre côté du Saguenay.

Mais j'avais compté sans les côtes et les bosses de Charlevoix, et, dès le deuxième jour, j'ai su qu'on ne réussirait jamais à atteindre le Saguenay en quatre jours.

«Tu ne savais pas que ce serait aussi montagneux? m'a demandé Marek. Pourtant, ton amie Suzie...»

Oui, Suzie m'avait prévenue. Et ma mère, et Jacques, et même tonton Jean-Claude (qui est un mordu du vélo et qui m'a écrit une longue lettre pour me faire part de son expérience de cycliste dans cette région). Mais je croyais qu'ils exagéraient. Ou je me croyais plus en forme.

«Tu n'as pas pensé utiliser une carte topographique pour tracer notre itinéraire?

— Une carte topographique?

— Oui, tu sais, une carte à grande échelle, avec des courbes de niveaux, des indications sur le type de terrain... Le genre de cartes dont se servent les militaires pour...»

Soudain, il m'a énervée, Marek, avec ses questions et ses explications, et je lui ai lancé, très agressive:

«Je sais c'est quoi, une carte topographique! On en a étudié une en sixième année. Ou en secondaire I, je ne sais plus. Mais pourquoi tu aurais voulu que je me serve d'une carte topographique pour faire notre trajet? On n'est pas des militaires en train de planifier des grandes manœuvres, on est des touristes en vacances!!!

— Et à bicyclette, a précisé Marek sans paraître remarquer ma mauvaise humeur. C'est très utilisé, les cartes topographiques pour les voyages à vélo. Mais... (Là, il a eu un petit sourire avant de continuer, très gen-

126

timent.) Tu sais, ce n'est pas grave. Après tout, comme tu l'as dit, on est en vacances. Pourquoi se presser? On n'a qu'à prendre plus de temps pour se rendre à Longue-Pointe, et c'est tout.

— Non, ce n'est pas tout! ai-je crié. On doit être à Longue-Pointe dans treize jours, et ce n'est pas à ce rythme-là qu'on va y arriver!»

Je criais, je tempêtais, je rageais contre Marek, contre les bicyclettes, contre le paysage qui devait être bien beau mais dont je ne voyais que les côtes, les côtes et les côtes.

Tout allait mal, dans ce voyage.

Pour commencer, j'étais menstruée. Ce n'est jamais bien drôle, mais c'est pire à bicyclette. À cause des crampes, des serviettes *toujours* inconfortables, de la difficulté sinon de l'impossibilité de trouver des toilettes convenables pour se changer. Et j'étais trop gênée pour en parler à Marek, ce qui n'arrangeait rien.

Ça ne s'est vraiment pas amélioré en chemin.

D'abord, Marek a voulu faire un petit détour par le cap Tourmente et la réserve du même nom (comme si on n'avait pas assez de huit cent cinquante kilomètres à franchir!). Ensuite, le même Marek avalait les kilomètres et les montées comme s'il avait fait ça

toute sa vie. Or, c'était moi qui m'étais en-
traînée pendant des semaines, et pas lui. Lui,
il me l'a avoué, il faisait vraiment du vélo
pour la première fois de l'année. Il y avait de
quoi rager, non?

Je rageais donc.

*
* *

J'ai continué de rager le soir, dans la tente,
quand Marek a voulu s'approcher de moi.

«Touche-moi pas! Je suis fatiguée, je suis
menstruée, j'ai mal partout, et je veux juste
une chose, dormir. Compris?»

Sans un mot, Marek s'est éloigné.

Il n'avait pas l'air particulièrement ravi.

*
* *

Journal de bord – Finalement, on a mis six
jours pour atteindre le Saguenay. Six jours de
montées épuisantes et de descentes à se
casser le cou. Six jours de râlage (de ma part)
et d'émerveillement touristique (de la part
de Marek).

C'est vrai qu'il y avait de beaux coins.
Saint-Joseph-de-la-Rive, coincé entre fleuve
et montagne. Les Éboulements, au charme

un peu vieillot. Saint-Irénée, qui offre une vue spectaculaire. Et, un peu partout, de belles échappées sur le fleuve et des paysages à couper le souffle.

Encore fallait-il être d'humeur à les apprécier, ces beaux coins. Et je n'étais pas d'humeur à les apprécier.

Au début, Marek voulait me faire partager ses émois, et il me montrait ce qui l'avait impressionné. Mais ma froideur l'a vite refroidi, et, après, il a gardé ses enthousiasmes pour lui. Tant mieux.

Ou tant pis.

*
* *

Si les journées étaient pénibles, les nuits n'étaient guère plus réjouissantes.

Depuis ses tentatives de rapprochement du premier soir, Marek se tenait à bonne distance (pour autant qu'on puisse être à bonne distance de quelqu'un dans une tente aussi petite). On était loin des folles étreintes auxquelles nous avions rêvé pendant des mois!

Ce qui m'étonnait le plus, dans tout ça, c'était le mutisme de Marek. Pourquoi ne se fâchait-il pas? Pourquoi ne se mettait-il pas à crier? Pourquoi n'exigeait-il pas d'explications? Il devait attendre que je fasse les premiers pas, mais je n'étais pas encore disposée à faire les premiers pas.

*
* *

Les cours de géographie devraient se donner sur le terrain, pas dans des livres.

Ainsi pour le Saguenay. Les livres ont beau dire qu'il s'agit d'un fjord, ce n'est qu'en le voyant du pont du traversier que j'ai compris réellement ce que ça voulait dire. Et c'était impressionnant.

Pour la première fois depuis des jours, je me suis laissé aller à admirer le paysage. Je me suis laissé émouvoir. Je me suis laissé envahir par la beauté qui m'entourait.

J'ai tourné la tête vers Marek, qui regardait fixement cette succession de montagnes s'enfonçant dans l'eau, et j'ai dit: «C'est beau.» Marek m'a regardée, surpris (c'était les premiers mots aimables que je prononçais depuis quatre jours!). Puis il a hoché la tête. «Oui.»

C'est tout. Quelques mots échangés (trois, très précisément), un regard, une douceur qui n'était pas là avant.

Nous venons d'entrer dans une espèce de trêve. Et ce n'est pas désagréable.

*
* *

Après le Saguenay, je ne sais pas si ce sont mes mollets qui se sont endurcis ou le paysage qui s'est amolli, mais j'ai trouvé le trajet moins ardu.

Ce n'est pas encore le calme plat, loin de là, mais je commence à pouvoir profiter du paysage. Ce n'est pas trop tôt!

*
* *

Journal de bord – Sault-au-Mouton, Betsiamites, Baie-Comeau.

Nos étapes s'allongent, nous couvrons sans trop de difficultés soixante, ou même quatre-vingts kilomètres dans une journée.

Le soir, allongés dans la tente, nous parlons un peu. Pas de nous (pas encore), ni de nos relations, mais du trajet, du voyage, de ce qui nous a frappés pendant la journée. La couleur du ciel ou de la mer, la fraîcheur de la brise, un oiseau, un point de vue particulièrement saisissant. Nous rebâtissons avec beaucoup de prudence une intimité que je croyais perdue.

D'ailleurs, en parlant d'intimité...

Je vais avoir seize ans dans trois jours. Et, dans mon esprit comme dans tous mes projets, j'étais certaine de perdre ma virginité avant mon anniversaire. C'est idiot, je sais, mais ça m'agace d'arriver à la date fatidique sans que ce soit fait. Et, à la faveur de notre intimité péniblement reconquise, je me demande s'il ne serait pas encore temps de...

*
* *

Avant de quitter Baie-Comeau, j'ai jeté un coup d'œil à la carte.

«Marek, regarde...»

Marek s'est approché.

«Dans une centaine de kilomètres d'ici, il y a un endroit appelé Pointe-des-Monts. C'est un peu en dehors de la route, tu vois, sur le bord de l'eau, là où le fleuve s'élargit brusquement. Il paraît même que c'est là que finit le fleuve et que commence le golfe. En deux jours, on peut y être. J'aimerais ça être là pour le 19.»

Je ne sais pas si Marek se souvient de la date de mon anniversaire, mais il n'a pas réagi quand j'ai mentionné le 19. Néanmoins, il a trouvé que c'était une bonne idée de passer une nuit à Pointe-des-Monts, «là où commence le golfe». Là où je commen-

cerai ma dix-septième année. Là où, si tout se
passe comme je le souhaite, je commencerai
ma «vie de femme».

*
* *

Le trajet entre Baie-Comeau et Godbout
était particulièrement accidenté, et nous
n'avons franchi qu'une trentaine de kilomètres le premier jour. Heureusement, nous
nous sommes repris le lendemain, et nous
avons atteint Pointe-des-Monts en fin
d'après-midi, ce qui nous a permis de visiter le
phare, très beau, avant de chercher un endroit pour monter la tente.

Nous avons soupé, nous avons fait la vais-
selle, nous nous sommes un peu attardés dehors pour regarder les étoiles. C'est quelque
chose que nous n'avions pas fait, jusqu'à
maintenant. Peut-être pour ne pas avoir à
comparer avec les observations d'étoiles de
l'année dernière, avec les émotions et les sensations de l'année dernière...

Puis nous sommes entrés dans la tente.

J'ai fait ma tentative de séduction.

Et j'ai eu droit à mon premier flop amoureux et sexuel.

Tout s'est passé tellement vite que je me
demande encore ce qui est arrivé. Peut-être

que, de l'écrire, ça va m'aider à comprendre. (Ça va aussi m'aider à passer le temps pendant que Marek est parti «marcher un peu».)

Toute la journée, j'ai pensé à la nuit à venir. Maintenant que je m'étais décidée, j'avais hâte de passer aux actes. Je me disais que ça ne pourrait qu'améliorer les choses entre Marek et moi, dissiper le malaise qui nous collait à la peau et qui nous rendait malheureux. Ce malaise né de mes colères, de nos silences, de notre gêne, de nos désirs plus ou moins avoués mais jamais réalisés... Et puis, me disais-je, nous n'avions pas attendu tous ces mois pour continuer à attendre je ne sais quoi (Godot, peut-être, comme dans une pièce de théâtre dont je ne connais que le titre).

Aussi, dès que nous avons été dans la tente, ai-je entrepris de mettre fin à cette attente.

Une petite hésitation. Une grande respiration. Et... action!

Je me suis approchée de Marek, je me suis collée contre lui, j'ai glissé une main sous son t-shirt (sur sa poitrine), l'autre derrière son dos (mais par-dessus le t-shirt), et je l'ai embrassé.

Marek a d'abord eu l'air complètement perdu (il y avait de quoi, après les jours qu'on venait de vivre!), mais il s'est vite repris et il m'a rendu mes caresses.

Je retrouvais avec émotion le corps de Marek. Je retrouvais les sensations qui m'avaient tant troublée l'année dernière. Et j'étais bien.

Et puis, tout à coup, après le désordre des vêtements enlevés sans précautions, après le rapprochement de nos corps enfin nus, j'ai senti la douleur. Une douleur sourde, vrillante, une douleur qui partait de très loin et qui m'a coupé le souffle

Je ne m'y attendais pas. C'est bête, mais je n'avais pas pensé que ça pouvait faire mal. Ce n'était pas insupportable, non, mais surprenant. Et c'est la surprise, plus que la douleur, qui m'a fait repousser Marek en disant «Attends». Je ne voulais pas tout arrêter. Je voulais juste reprendre mon souffle, me décrisper un peu avant de continuer.

Le problème, c'est qu'attendre, c'était plus facile à dire (pour moi) qu'à faire (pour lui) et que Marek a juste eu le temps de me lancer un regard désespéré avant de m'éjaculer sur la cuisse.

«Merde.»

Ça, c'est le commentaire le plus intelligent que j'aie trouvé à faire. «Merde.» Et sur un ton sinistre, en plus!

Je me suis assise, intriguée par ce liquide blanchâtre que j'avais l'occasion d'observer pour la première fois. Il y en avait moins que ce que j'avais imaginé, et je me suis dit que c'était quand même bizarre que des millions de spermatozoïdes se baladent là-dedans et angoissent tellement tout le monde.

J'ai levé les yeux vers Marek pour lui faire part de ma géniale réflexion... mais, en voyant son visage, j'ai décidé de garder mon génie pour moi (ou pour une autre occasion). Les yeux rivés au sol, il avait l'air à la fois honteux et profondément malheureux.

«C'est pas grave», ai-je murmuré.

Comme encouragement, c'était mince. Marek n'a même pas réagi.

«Non, mais, c'est vrai, ai-je repris avec plus de force. Je suis sûre que ça arrive à des tas de gens et que, dans quelques années, en y repensant, on va même trouver ça drôle.

– Ça, je n'en doute pas, a répondu sèchement Marek. Quand *tu* vas parler de ça à tes futurs amants, dans quelques années ou avant, je suis sûr qu'*ils* vont trouver ça très drôle!»

Le ton sur lequel il a dit ça! Le mépris qu'il a réussi à faire passer dans sa voix!

J'ai senti la colère m'envahir.

«C'est pas ça que j'ai voulu dire, Marek Kupczynski, et tu le sais très bien! Tu ne vas quand même pas en faire une affaire d'honneur ou de virilité, non? (Brusquement, j'ai eu besoin de sacrer.) Merde! Merde et bordel de merde! Et putain de bordel de merde!

(Wow! Je m'étonnais moi-même.) C'est pas la fin du monde, fuck! (Décidément, quand on commence à sacrer, plus moyen d'arrêter.) On est ici, au beau milieu de rien, tous les deux tout seuls dans une tente. On faisait l'amour pour la première fois. Ça m'a fait mal. J'ai été surprise que ça fasse mal et je t'ai demandé d'attendre un peu. J'ai le droit, non? Et toi, tu n'étais pas dans un état pour attendre un peu. T'as le droit, non? Ça tombait mal, je te l'accorde. Ça n'a pas donné le dénouement parfait, je te l'accorde aussi. Et puis après? On oublie tout et on recommence, c'est tout. Même que... (Là, j'ai eu une idée que, sur le coup, j'ai trouvée elle aussi géniale – il faut croire que le génie, comme les sacres, ça vient en série) Même qu'on va recommencer tout de suite, si tu veux. (J'ai sorti, du fin fond de mes connaissances, un renseignement que j'avais puisé dans un livre sur la sexualité.) Il paraît que les hommes jeunes, ça peut faire l'amour je ne sais trop combien de fois de suite. Alors, allons-y, et plus vite ce sera fait, mieux ce sera!»

Quand j'y repense, je n'en reviens pas. J'étais là, toute nue, les poings sur les hanches, en train d'engueuler Marek! Lui non plus, d'ailleurs, n'a pas eu l'air d'en revenir. Il m'a regardée d'un drôle d'air, il a haussé les épaules avec résignation, il est revenu s'étendre près de moi, et nous avons repris nos caresses. Mais le moment était passé, le moment presque magique où nous nous étions sentis proches, et nos caresses reflétaient plus de bonne volonté que de passion. À chaque minute qui passait, à chaque caresse que nous échangions, je sentais Marek s'impatienter, s'énerver, se décourager, s'éloigner...

Finalement, il s'est écarté.

«Inutile de continuer, ça ne marche pas. Désolé, Cass, mais je ne dois pas faire partie de tes jeunes hommes très virils qui peuvent faire ça un nombre incalculable de fois.»

Il semblait prendre un plaisir morbide à se meurtrir avec chacun de ses mots, et ça m'a fait mal pour lui. J'ai voulu le rassurer, lui dire que ça ne changeait rien pour moi.

«C'est pas grave...», ai-je commencé.

Mais Marek m'a interrompue.

«Oui, je sais, a-t-il dit d'une voix grinçante. C'est pas grave, et on va trouver ça très drôle dans quelques années.» Il a eu une espèce de ricanement un peu cassé. «Tu te répètes, Cass, tu te répètes. Il va falloir que tu trouves d'autres phrases toutes faites pour remonter le moral de tes amants lamentables, ma pauvre Cass, si c'est pour t'arriver souvent. Ton répertoire est plutôt limité.»

C'est là-dessus qu'il s'est rhabillé et qu'il est sorti marcher un peu – il y a de cela des heures.

Moi, je suis restée dans la tente, à pleurer et à me demander ce que j'avais fait pour que ça se passe aussi mal, ce que j'aurais pu faire pour que ça tourne autrement.

Je m'en voulais de n'avoir pas su consoler Marek, mais j'en voulais aussi à Marek d'avoir réagi en macho offensé. L'été dernier, il n'aurait pas réagi comme ça. L'été dernier, entre nous, il y avait de la tendresse, de l'humour, de la complicité. Cet été, tout ce qu'il y a, c'est de la gêne et des silences.

Mais qu'est-ce qui nous est arrivé?

Qu'est-ce qui nous arrive?

Et quand est-ce que Marek va revenir?

Chapitre 12

Quand Marek a fini par revenir, j'ai fait semblant de dormir. D'abord parce que c'était plus simple comme ça. Ensuite parce que je suis d'une lâcheté tout à fait exemplaire, c'est bien connu.

Et, le lendemain matin, nous avons repris notre voyage et notre routine. Comme s'il ne s'était rien passé. Avec juste un peu plus de tension et de gêne dans l'air. Belle journée pour un anniversaire!

Vous vous demandez peut-être pourquoi on continue, pourquoi on persiste à faire ce voyage qui ne veut plus rien dire... Moi aussi.

Par obstination, peut-être. Par crainte du ridicule. Pour ne pas perdre la face. Pour ne pas avoir à répondre à des tonnes de questions.

Peut-être aussi parce que, quelque part au fond de notre tête ou de notre cœur, on espère encore qu'il existe quelque chose entre nous, on croit encore à l'aventure des baleines, à la magie de la mer...

*
* *

Journal de bord – Rivière-Pentecôte, Clarke City, Sept-Îles, Moisie, Sheldrake...

Il y a quatre-vingt-dix-huit kilomètres entre Moisie et Sheldrake. Quatre-vingt-dix-huit kilomètres de route nue, de solitude et de silence. Quatre-vingt-dix-huit kilomètres coupés seulement par le passage des rivières Moisie, du Sault Plat et Manitou.

Maintenant que le relief s'est assagi, c'est le vent qui contre nos efforts, le vent qui nous ralentit, le vent qui exige que nous donnions tout ce que nous avons.

Au moins, pendant ce temps-là, on n'a pas le temps de parler. Et on ne pense pas trop.

*
* *

Le panneau était on ne peut plus discret, mais nous l'avons repéré de très loin.

Longue-Pointe.

Insensiblement, nos jambes se sont mises à pédaler avec plus de vigueur. Une quinzaine de tours de roues. Une dizaine. Deux ou trois. Stop.

Nous avons mis pied à terre en même temps, plus heureux que nous ne voulions l'avouer.

Nous avions réussi! Nous avions parcouru, à la seule force de nos mollets, tour de roue après tour de roue, les huit cent cinquante kilomètres séparant Québec de Longue-Pointe. Nous avions peiné, nous nous étions découragés... mais nous l'avions fait!

Un grand sourire aux lèvres, Marek a lancé un «Youppi!» retentissant. De mon côté, j'ai fait quelques steppettes. Puis, sans trop savoir comment, on s'est retrouvés dans les bras l'un de l'autre.

C'était la première fois qu'on se touchait, depuis la soirée de Pointe-des-Monts, et c'était bon. Le cœur de Marek battait à grands coups désordonnés, et le mien suivait comme il pouvait. Et puis, pendant qu'on tanguait comme ça lentement au beau milieu de la route 138, Marek s'est mis à parler contre mon oreille.

«Je suis un horrible imbécile.

– Oui.

– Macho.

– Oui.

– Rempli d'idées toutes faites sur la virilité.

– Oui.

– Imbu de ma personne.

– Oui.

– Renfermé.

– Oui.

– Rancunier.

– Oui.

– Et sans aucun humour.

– Exactement.»

Marek a eu un petit rire.

«À toi, maintenant.»

J'ai réfléchi deux minutes.

«Je suis une horrible imbécile.

– Oui.

– Aux idées démodées sous mes dehors modernes.

– Oui.

– Lâche et boudeuse.

– Une bêtise à la fois, Cass, ça a plus de poids. Oui.

– Oui quoi?

– Oui, lâche et boudeuse.

– Ah. Pleine d'idées toutes faites sur la sexualité.

– Oui.

– Chialeuse.

– Oui.

– Et qui prend tout au tragique.

– Oui, oui, oui.»

À ce moment, un coup de klaxon impatient nous a séparés. Il est vrai qu'on bloquait complètement la route, avec nos bicyclettes étalées par terre direction est, et nous-mêmes enlacés direction ouest.

Nous avons ramassé nos cliques et nos claques et dégagé la voie avant de nous regarder avec des sourires tremblants et des yeux pleins d'eau.

«Ouf! ça fait du bien! a dit Marek.

– Non», ai-je répondu.

Air vaguement inquiet de Marek.

«Et pourquoi "non"? a-t-il demandé avec circonspection.

– Parce que je commençais à trouver ça monotone, tous ces "oui"...»

Il a failli m'étouffer à force de m'embrasser.

*
* *

«Toi, tu m'aimes/Et je t'aime/Nous on s'aime/ Oui, on s'aime...»

C'est en chantant à tue-tête et en faussant à qui mieux mieux que nous avons atteint l'hôtel Gravel, où nous passerons les six prochaines nuits.

(Ah! un vrai lit!)

*
* *

Un vrai lit, oui, et des nuits que j'anticipais follement érotiques et amoureuses. Après tout, Marek et moi, on venait comme qui dirait de se retrouver... et je commençais à en avoir assez de cette défloration à laquelle je pensais tout le temps et qui ne se faisait jamais (ça devenait obsédant, cette histoire, sans compter que je n'ingurgitais quand même pas mes petites pilules depuis des mois juste pour la beauté de la chose et que c'est un peu frustrant d'être prête pour rien et protégée de risques inexistants).

Et, quand nous sommes entrés dans notre chambre et que nous avons retrouvé avec délices les joies et les grandeurs de la civilisation (ah! un bain! ah! des toilettes! ah! une table et des chaises! ah! une télévision! ah! ah! ah!), j'étais sûre que ce serait ce soir-là qu'on allait enfin «consommer» notre amour. (Je le trouve bizarre, ce mot, «consommer» – surtout quand on songe qu'il veut aussi dire manger ou acheter... Disons qu'associer l'amour et la nourriture, ce n'est peut-être pas une mauvaise idée, mais l'associer à des transactions bassement mercantiles et plus ou moins honnêtes, ça, ça me répugne assez.)

Mais, avant d'en arriver à la consommation, nous avons fait un petit détour du côté des éclaircissements et des explications – ce qui n'était sans doute pas une mauvaise chose, compte tenu de tout ce qui avait mal été jusque-là.

Nous ne sommes pas remontés au déluge, mais presque. Autrement dit à cette période où Marek, dans mes lettres, a senti une espèce de froideur, de désintérêt.

«J'ai cru... je ne sais pas ce que j'ai cru. Que tu avais rencontré quelqu'un d'autre, je suppose. Ou que tu ne voulais plus rien savoir de moi. Mais comme, en même temps, tu continuais à me parler des projets pour cet été... je ne savais plus quoi penser. Mais ce n'était pas juste par rapport à toi que je ne savais pas quoi penser. J'étais complètement perdu. New York me pesait. L'Amérique me pesait. La famille me pesait. Karol est de plus en plus pénible; Andrzej, de plus en plus Polonais en exil; Sophie... Sophie ne pense qu'à sa musique et à ses problèmes de cœur, ce qui revient à peu près au même.»

Je suppose que s'il n'avait pas parlé de Sophie de façon aussi énigmatique, je lui aurais parlé de François. Ou peut-être pas. Peut-être que je cherchais juste une excuse, n'importe laquelle, pour ne pas lui parler de François.

«Sophie? Sophie est en amour? Je ne savais pas ça... Avec qui?

— Avec Julio Morelli», a répondu Marek en m'observant attentivement.

Il m'a fallu un moment pour me rappeler qui c'était. Et quand je m'en suis souvenu, je n'ai pu retenir un mouvement de surprise.

«Son... son professeur de violoncelle?

— Lui-même.

— Mais...»

Je me suis arrêtée à temps, mais Marek a deviné que j'allais dire une bêtise et il l'a complétée à ma place.

«Il pourrait être son grand-père, oui.»

Je suis restée silencieuse. Je revoyais Julio Morelli, que j'avais rencontré au concert de Sophie, en octobre. Je revoyais son sourire très doux, ses yeux très clairs, ses rides et ses cheveux blancs qui lui faisaient comme une auréole...

«C'est étrange, ai-je fini par dire en cherchant un peu mes mots. Théoriquement, je suis d'accord avec l'amour envers et contre tous, et surtout envers et contre tous les préjugés... Les questions d'âge, de race, de sexe, de richesse, tout ça. Si tu m'avais demandé si je croyais possible qu'une femme aime un homme beaucoup plus âgé qu'elle, ou le contraire, je t'aurais dit oui. Et je me serais crue très large d'esprit, très ouverte... Et là, tu me parles de Sophie, de ta sœur Sophie, de mon amie Sophie, et ma première réaction, ça a été de réagir comme n'importe quelle matante arriérée et bornée: il pourrait être son grand-père!»

J'ai eu le goût de pleurer, brusquement.

«Je me déçois, Marek, si tu savais comme je me déçois!»

Marek m'a prise par les épaules et m'a secouée doucement.

«Hé! n'en fais pas un drame! Il y a assez de chez nous où ça en fait un, et un gros. Pas besoin de t'y mettre toi aussi...»

J'ai réussi à sourire.

«Andrzej, il prend ça comment?

— En vrai père de roman. Il parle même d'enfermer Sophie dans une école en Suisse et de poursuivre Julio pour je ne sais quoi.

— Détournement de mineure, peut-être?

— Même pas, et c'est probablement ce qui frustre le plus Andrzej: Julio n'a jamais touché Sophie, il ne s'est jamais rien passé entre eux – mais ce n'est certainement pas parce que Sophie n'a pas essayé.

—Et Julio? ai-je voulu savoir. Comment il réagit?

— Il est malheureux. Il aime Sophie, c'est certain, et pas comme une élève particulièrement douée ou comme la petite-fille qu'il n'a pas eue. Non, il l'aime comme une femme, comme la femme qu'elle sera dans quelques années, comme la femme qu'elle est déjà, dans le fond, sauf pour l'âge. Et ça le rend profondément malheureux. Il essaie d'écarter Sophie, il essaie de lui faire "entendre raison", mais il sait très bien qu'il est en train de se briser le cœur.

— Tout ça pour une question d'âge. Une ridicule question d'âge.»

Et là, je me suis mise à pleurer. À cause de Sophie et Julio, bien sûr. Mais je pleurais aussi sur moi, sur mes doutes et mes craintes, sur mes hésitations.

J'aurais sans doute passé un certain temps à m'apitoyer ainsi sur mon sort si Marek ne s'était pas mis à me caresser, tout doucement d'abord, puis de façon plus précise.

«Ah! ce petit orteil gauche, a-t-il murmuré en mordillant l'orteil en question. Et ce mollet, et ce genou, et cette cuisse...»

Cette fois, ça y est, me suis-je dit.

Mais je me trompais. Ça n'y était pas. Pas du tout, même, car, après des préliminaires très prometteurs, et au moment décisif de la pénétration, comme on dit dans les livres sérieux, Marek a stoppé net et s'est assis dans le lit.

«Je ne peux pas», a-t-il dit.

Merde, me suis-je dit intérieurement. Mais pas tout haut, surtout pas tout haut (je me méfie, maintenant, et je tourne ma langue sept fois dans ma bouche avant de parler). Qu'est-ce qui se passe, cette fois?

Marek a répondu à ma question muette.

«J'ai peur de te faire mal.»

Il avait peur de me faire mal. C'était gentil, ça, et même assez touchant, mais ça ne nous avançait pas à grand-chose. J'ai donc entrepris de le convaincre que ça ne me ferait pas mal, que ce qui avait provoqué mon recul, l'autre jour, ce n'était pas tant la douleur que la surprise, et que, parlant de surprise, j'avais été surprise, à l'aéroport de le trouver plus petit que dans mon souvenir, et que, etc. Bref, d'une chose à l'autre, de fil en aiguille et du coq à l'âne, nous avons eu une discussion très intéressante, et assez drôle par moments, mais pas des plus excitantes sexuellement. Aussi avons-nous fini par nous endormir (ah! le confort de ce lit!), de fort bonne humeur et collés l'un contre l'autre, mais toujours vierges (oui, je sais, ça devient *très* obsédant).

*
* *

Le lendemain, j'ai proposé quelque chose à Marek.

«Notre problème, dans le fond, c'est qu'on est obsédés par l'idée de performance, c'est-à-dire de pénétration. (Ça, c'est le genre de chose que la mère de Suzie répète tout le temps.) Ce qu'il faudrait, c'est qu'on oublie la performance. J'ai déjà lu quelque part que chez certains peuples, les Japonais, je crois, mais je ne suis pas sûre, l'homme et la femme apprennent à se connaître et à se donner du plaisir pendant un certain nombre de jours, huit ou dix ou douze, je ne sais trop, avant de passer à la pénétration. Pour nous, tu ne trouves pas que ce serait une bonne idée?»

J'étais assez fière de mon idée, et je me demandais même comment je n'y avais pas pensé avant.

Avant de répondre, Marek m'a prise par le cou pour me souffler dans les lunettes (j'haïs ça) et m'embrasser sur le bout du nez (ça, j'aime bien).

«J'admire ta mémoire en ce qui concerne tes lectures. La précision des détails, surtout, m'épate et me crahapute (sic) au plus haut point... Allons-y donc pour l'amour à la japonaise... si tant est que ce soit à la japonaise!»

152

Ça, c'est bien Marek. «Crahaputer» et «si tant est que».

Comme si on n'avait pas assez de problèmes sans ça...

Chapitre 13

Tout est relatif. Einstein l'a dit avant moi, et des tas d'autres aussi, avec des théories toutes plus compliquées les unes que les autres, mais ça fait toujours plaisir d'apporter sa petite preuve personnelle à toutes ces élucubrations hautement scientifiques.

Ma petite preuve, c'est ceci: après seize jours de bicyclette et de camping (ça a pris deux jours de plus que prévu), et huit cent cinquante kilomètres de montées exténuantes, de descentes suicidaires et de vent fou, tout, mais alors *tout* prend des allures de farniente, y compris un stage d'observation de baleines qui exige qu'on se lève tous les matins vers les 5 heures 30 (vous avez bien lu: cinq heures trente). Disons que, dans

d'autres circonstances, ce n'est pas exactement ce que j'aurais appelé un farniente.

(Petite note linguistique et prononciative:
«farniente», à l'origine, c'est un mot italien
qui signifie «ne rien faire». Intéressant, non?
Ce qui m'embête, c'est que je ne suis pas sûre
de sa prononciation en français. Ma mère le
prononce comme si c'était un mot français;
Jacques, comme si c'était un mot italien.
Moi... moi, je m'arrange pour ne pas le pro-
noncer et je me contente de l'écrire.)

Donc, notre farniente baleinier, il commence immuablement comme ceci:

- 5 h 30: lever
          déjeuner
          préparatifs divers

- 7 h: rendez-vous au bout du quai pour
       le départ en bateaux pneuma-
       tiques

- 7 h 30: halte à l'île aux Perroquets
          (observation, repérage des
          souffles des baleines et, par la
          même occasion, localisation
          de celles-ci)

- 8 h: départ de l'île aux Perroquets
       et...baleines, nous voici!

Et, toute la journée (c'est-à-dire jusqu'à ce qu'on n'en puisse plus, ou jusqu'à ce que le vent se lève, ou jusqu'au coucher du soleil), on est en mer, et on observe les baleines.

La Station possède plusieurs canots qui, en tout, peuvent accueillir une trentaine de personnes. Mais tous ces canots (et tous ces gens) ne restent pas collés les uns aux autres toute la journée. Non, tout de suite après le départ de l'île aux Perroquets, les bateaux s'éloignent les uns des autres afin de couvrir le plus de territoire possible. Ils sont toutefois liés deux par deux par radio, et les deux bateaux «appariés» restent toujours dans le même coin, ce qui leur permet de se rejoindre rapidement en cas de problème.

Une fois qu'un souffle est repéré, on s'en approche (pas trop, pour ne pas effrayer les baleines) et on coupe les moteurs. On se laisse dériver doucememt en attendant de voir remonter les baleines. On ne sait jamais trop où elles vont réapparaître. Quand enfin il y en a une qui fait surface, chacun, dans le bateau, se met à la tâche: certains ont pour mission d'en photographier la queue ou le flanc (ça dépend de l'espèce), d'autres inscrivent sur une feuille de plexiglas (familièrement et anglaisement appelée *slate*) les données dictées par les biologistes du groupe.

Ces photos et ces indications aident les chercheurs à identifier les individus (les baleines, quoi), à les reconnaître d'année en année, à étudier leur comportement et leurs déplacements. Bref, elles permettent d'en savoir plus sur les individus, sur les espèces et même sur la place des espèces au sein de l'habitat marin (ouf! j'ai bien appris ma leçon!).

C'est un travail de très longue haleine, et j'admire ceux qui s'y adonnent, avec rigueur et ténacité, depuis des années. Je ne sais pas si j'aurais cette patience, cette... J'allais dire «cette abnégation». Parce que tout le monde, ici, est bien conscient que ce sont les futures générations de chercheurs qui trouveront (peut-être!) des réponses aux questions qu'on se pose maintenant et qui sauront enfin le pourquoi et le comment des comportements des baleines.

Moi, je dois avouer que, pour le moment, le pourquoi et le comment des comportements des espèces ne me préoccupent guère, pas plus d'ailleurs que les hypothétiques conclusions des chercheurs des années 2050. Je me contente de m'agripper aux bords du canot et d'admirer, les larmes aux yeux, mes premières apparitions de baleines.

Les mots me manquent pour décrire le spectacle des baleines en train de plonger. J'en avais déjà vu dans des documentaires (et dans *La Grenouille et la Baleine*, que j'ai bien dû voir une demi-douzaine de fois au cours de mes séances de gardiennage), mais, entre les voir dans un film et les voir en vrai... il y a un monde, et même un univers. C'est à la fois plus grandiose, plus écrasant, plus émouvant... et plus doux. D'une douceur et d'un calme déroutants.

Les baleines étant ce qu'elles sont (grosses, énormes, gigantesques, etc.), je m'étais imaginé que ces excursions en mer auraient un côté tumultueux et héroïque. Je m'attendais à des vagues immenses, à des bruits assourdissants, à des émotions violentes. Et j'ai été particulièrement surprise quand je me suis rendu compte que tout se fait en douceur, avec une grâce et une fluidité parfaites. Ces bestioles, qui peuvent peser des dizaines de tonnes, se déplacent très délicatement, et leur plongeon ne fait naître qu'une petite vague paresseuse.

En fait, ce qu'il y a de plus bruyant, dans tout ça, c'est leur souffle quand il explose à la surface.

J'ai fait part de mon étonnement à Martine, qui s'occupe de la Station avec Richard, et elle m'a dit que je n'étais pas la première à réagir comme ça (pourquoi est-ce que je ne réussis jamais à avoir une réaction originale?). Elle a ajouté que l'observation des baleines, en fait, c'est une activité particulièrement calmante.

Calmante, oui, je suis d'accord. Ce qui ne veut pas dire que ce soit reposant, du moins quand on participe à toutes les activités, y compris à celles de la soirée.

Tous les soirs, après le souper, Marek et moi, on retourne à la Station, où on continue à parler baleines, à voir baleines, à penser baleines... Il y a des visionnements de vidéos ou de diapositives, des discussions sur les baleines et sur les observations de la journée, des compilations de données dans de grands livres et dans des ordinateurs... Je sais que Richard, Martine et les autres biologistes de la Station travaillent jusqu'à onze heures et demie, minuit tous les soirs, mais, Marek et moi, on serait incapables de survivre à un régime pareil. Nous rentrons à l'hôtel vers dix heures, complètement épuisés, tout juste capables de nous déshabiller avant de nous écraser dans le lit et de nous endormir. Même l'amour à la japonaise est (cochez la réponse appropriée):

❏ relégué aux oubliettes à la sauvette;

❏ remis aux calendes gréco-latines;

❏ reporté à une date ultéro-postérieure.

Autrement dit, on oublie ça pour l'instant et on verra plus tard.

*
* *

«Splish... Splish, ma petite, où est Splash? Hein, ma toute belle?»

Pour quelqu'un qui ne serait pas au courant, c'est le genre de propos qui peut avoir l'air complètement capoté, d'autant plus que la question, chuchotée d'une voix câline, s'adresse à une baleine à bosse particulièrement imposante.

C'est que, voyez-vous, les chercheurs, ici et ailleurs, attribuent des noms et des numéros aux baleines qu'ils photographient. Ils publient ensuite des catalogues des baleines ainsi identifiées, s'échangent ces catalogues et peuvent suivre les déplacements des baleines.

Mais revenons à Splish (et à l'absence de Splash). Certaines baleines sont des habituées du golfe, et les chercheurs, sans même consulter leurs catalogues, les reconnaissent au premier coup d'œil. Il y a ainsi Ébène, dont la nageoire caudale est d'un noir... d'ébène. Jigsaw, particulièrement curieux et excité. Pseudo, dont le deuxième baleineau, Alfa, est mort l'année dernière, noyé dans un filet au large de Sept-Îles... Splish et Splash, eux, occupent une place privilégiée dans le cœur de l'équipe de Longue-Pointe: il s'agit de la première paire de baleines cataloguée en 1980. L'année dernière, ils ont été revus tous les deux, mais pas ensemble. Et, cette année, aucun signe de Splash. Lui serait-il arrivé malheur?

Il faut voir Richard, Martine, Peter, Mike, Christian, Benoît et les autres s'exciter pour une baleine aperçue il y a six ans et repérée à nouveau dans le golfe, ou pour une autre depuis longtemps identifiée ailleurs et qui décide de pousser une pointe jusqu'ici pour la première fois. D'ailleurs, à ce sujet...

Je suis tout excitée, moi aussi, depuis que j'ai appris qu'il existe une certaine Cassiopée, inconnue jusqu'à maintenant par ici, mais qui est une habituée du golfe du Maine.

C'est Richard qui m'a d'abord parlé d'elle.

«Cassiopée... C'est vraiment ton nom, ça? m'a-t-il demandé avec son léger accent d'Américain ici depuis longtemps.

— Oui.

— Il y a une baleine à bosse qui porte ce nom-là. Cassiopeia. Je devrais avoir une photo d'elle, dans un des catalogues. Tu veux la voir?»

Évidemment que je voulais la voir! Ce n'est pas tous les jours que j'ai l'occasion de rencontrer des baleines qui s'appellent Cassiopée (ni même des humaines, je dois bien l'admettre). Je n'allais pas rater cette chance.

Richard a donc été chercher son catalogue et il m'a présenté mon homonyme.

Disons tout de suite qu'un catalogue de baleines, ce n'est pas ce qu'il y a de plus excitant. (Marek me fait remarquer qu'un catalogue, ce n'est pas fait pour être excitant, c'est fait pour être utile, et que celui-là, bien que peu excitant pour une profane comme moi, est des plus utiles. Admettons.) Ma Cassiopée apparaissait donc sur une petite photo noir et blanc d'environ 3 cm x 3 cm (si au moins ça avait été des pouces...), plutôt anonyme au milieu d'une quinzaine d'autres baleines à bosse... Et on n'en voyait que la queue!

«Euh... Tu n'aurais pas une photo un peu plus... personnalisée?»

Richard m'a regardée comme si je tombais de la Lune (ou de Cassiopée...).

«Personnalisée? Mais, pour un rorqual à bosse, il n'y a rien de plus personnel que la queue!»

Ça, c'est un des mystères que je n'ai pas encore réussi à percer. Parfois les experts parlent de baleines, parfois ils parlent de rorquals. D'après ce que je comprends, c'est la même chose. Alors, pourquoi faut-il que chaque fois que j'utilise le mot «baleine» eux me répondent en parlant de «rorqual», et que chaque fois que je me risque à utiliser «rorqual» ils me répondent en utilisant le mot «baleine»? Mais, bon, ce n'était pas sur cette distinction que portait la discussion mais sur la queue des baleines à bosse, qui varie d'un individu à l'autre et permet de les identifier aussi sûrement que les empreintes digitales chez les humains. Ça, je le savais, ça faisait déjà deux jours que tout le monde me rebattait les oreilles avec ces fameuses queues /empreintes digitales. Mais, ma baleine à moi, ma Cassiopée, j'aurais bien aimé lui voir les yeux, ou le sourire, quelque chose d'intime, quoi! Mais je n'ai pas osé dire ça à Richard, qui m'intimide un peu et qui m'aurait sans doute prise pour une parfaite imbécile (il y a déjà assez de Marek qui rit de moi chaque fois que je sors quelque chose de ce genre-là). Je me suis contentée de m'extasier sur Cassiopée et sur sa queue.

«Tu as raison, oui, tu as raison, elle a une queue très, euh, très personnelle.»

(Là, je sens que j'ai passé pour une parfaite imbécile.)

«Est-ce que tu comprends au moins pourquoi elle s'appelle Cassiopée?

– Eh bien...», ai-je commencé sans trop de conviction. Et puis j'ai trouvé.

«Sa queue! Sa queue! (Il n'y a pas à dire, j'avais fait une découverte!)

– Oui, sa queue? m'a encouragée Richard.

– Elle est... Elle est comme dentelée du côté gauche. Elle n'est pas régulière. Et cette dentelure, la forme de cette dentelure, c'est l'espèce de w tout croche de la constellation Cassiopée!» ai-je crié, particulièrement fière de moi et de mon sens de l'observation.

Richard a eu la gentillesse de ne pas me faire sentir que j'aurais pu trouver ça plus tôt, et il m'a expliqué que cette «dentelure» avait sans doute été causée par le coup de dents d'un épaulard.

J'en ai avalé de travers. Cassiopée, ma Cassiopée, attaquée par un vilain épaulard! Évidemment, si ça ne lui était pas arrivé, elle ne s'appellerait pas Cassiopée et ne serait donc pas «ma» Cassiopée...

Avant de me perdre dans mon raisonnement, j'ai voulu obtenir quelques précisions.

«Et cette Cassiopée, vous l'avez déjà vue par ici?

– Jamais.

– Mais il n'est pas impossible qu'elle soit déjà venue?

– Non, ce n'est pas impossible.

– Il n'est pas impossible non plus qu'elle vienne un jour?

– Non.

– Par exemple d'ici trois jours?

– Là, tu en demandes un peu beaucoup, tu ne trouves pas?»

Non, je ne trouvais pas, mais je n'ai même pas essayé d'en convaincre Richard. Après tout, le Maine, c'est presque à côté. Et que sont quelques centaines de kilomètres pour une baleine habituée à en couvrir des milliers chaque année?

En tout cas, au cours des prochaines sorties en mer, que personne ne s'avise de me parler de rorquals communs, de petits rorquals ni même de baleines bleues. Ce qui m'intéresse, ce sont les baleines à bosse, et particulièrement la partie gauche des queues des baleines à bosse. Je cherche un genre de dentelure, voyez-vous, une espèce de w un peu raté...

*
* *

Aujourd'hui, double déception.

D'abord, pas de Cassiopée à l'horizon (sauf moi, mais je n'étais pas à l'horizon, et, de toute façon, je ne compte pas). Même l'autre, la céleste, disparaissait sous une épaisse couche de nuages (lâcheuse!).

Ensuite, ce n'est pas de sitôt que je vais entendre chanter les baleines. Quand j'ai appris ça, ce matin, je n'ai d'abord pas voulu le croire.

«Mais Daphnée, dans *La Grenouille et la Baleine*, elle enregistrait quoi? Des sirènes, peut-être?

— Non, mais, *La Grenouille et la Baleine*, c'était peut-être un peu romancé, tu ne crois pas?»

En entendant ça, j'ai un peu pensé poursuivre quelqu'un en justice. Le problème, c'est que je ne savais pas qui. Le producteur? Le réalisateur? L'auteur? Daphnée elle-même? Les baleines du film? Les baleines de la vraie vie?

«Mais il me semble que c'est connu que les baleines chantent...

— Bien sûr qu'elles chantent. Mais pas ici.

— Ah... Et pourquoi?

— On croit que le chant est un comportement amoureux précédant l'accouplement... et les baleines ne s'accouplent pas ici.

— Ah bon! Et elles font quoi, ici?

— Elles mangent.»

Et c'est vrai. Elles mangent. Elles mangent, elles bouffent, elles bâfrent (c'est un mot que j'ai appris de Marek). Des tonnes et des tonnes de *krill* (des petits organismes à l'allure de crevettes) et de petits poissons style capelan. Il paraît qu'à cause des marées et des courants le fleuve est un garde-manger fantastique pour les baleines et que c'est ce qui les attire ici chaque année. L'hiver, elles vont batifoler, chanter, copuler et mettre bas dans les mers du Sud. Et, l'été, elles viennent ici et elles mangent, un point c'est tout. (Il n'y a pas à dire, c'est romantique).

On parlait de ça, tantôt, Marek et moi, et, soudain, Marek a éclaté de rire. Et c'est en riant qu'il m'a expliqué sa nouvelle théorie: selon lui, il y a par ici quelque chose dans l'air qui «refroidit» l'ardeur sexuelle des baleines... et la nôtre. «Notre problème, a-t-il clamé, n'est ni psychologique, ni physique, ni physiologique, mais ENVIRONNEMEN-TAL! Et il serait grand temps que les savants les plus savants se penchent là-dessus, au même titre que sur les pluies acides ou sur la pollution du Saint-Laurent.»

*
* *

La nuit dernière, j'ai rêvé à François. J'ai rêvé que je faisais l'amour avec François et que j'aimais ça.

Ça m'a réveillée, et je n'ai pas réussi à me rendormir. J'étais troublée. Maintenant que ça va bien avec Marek, je n'aime pas que mes rêves me trahissent. Ou le trahissent.

*
* *

«Alors, jeune homme, les baleines du golfe, elles ressemblent aux baleines de tes livres?»

Marek a souri, il a admis que non, peut-être pas vraiment, mais que, de toute façon, c'était beaucoup mieux en vrai. Puis il s'est approché de Richard, et ils se sont lancés tous les deux dans une discussion qui a duré des heures.

Je n'avais jamais vu Marek comme ça, éperdu d'admiration et de confiance. Suspendu aux lèvres de Richard, buvant ses paroles, il avait l'air d'un petit garçon qui vient de rencontrer le Père Noël (ou Superman, ou n'importe quel héros de conte de fées ou de bande dessinée).

Ça aurait pu être ridicule, mais, au contraire, c'était beau de les voir ainsi parler de leur passion commune.

Passion. Depuis quelques jours, c'est un mot qui me trotte dans la tête. J'ai l'impression que c'est un mot-clé, un mot magique qui ouvre des tas de portes et qui explique bien des choses.

C'est Martine qui l'a prononcé, ce mot, en parlant des baleines, et de Richard, et de leur travail commun. Et, quand elle parlait de passion, il y avait comme de la passion dans sa voix et dans ses yeux.

«La première fois que je suis venue,

c'était il y a six ans. J'avais entendu parler de cet Américain un peu bizarre qui étudiait les baleines dans le golfe, tout seul, en canot pneumatique, sans grands moyens. C'était fou, c'était beau. J'ai eu le goût de le connaître.»

Depuis, elle est revenue chaque année, gagnée elle aussi par la passion de la mer et des baleines.

Et elle n'est pas la seule. Toute l'équipe de chercheurs est constituée de passionnés, de mordus qui, après être venus une fois, n'ont pu s'empêcher de revenir et de revenir encore.

«Il n'est pas rare que nos visiteurs deviennent nos amis», m'a confié Martine avec un beau sourire. «Et c'est très bien comme ça.»

Oui, et je ne serais pas étonnée qu'un dénommé Marek devienne un de ces visiteurs qui ne peuvent s'empêcher de revenir... Déjà, il fait des projets pour l'été prochain, pour ses prochaines années d'études. Il songe à s'inscrire au College of the Atlantic, à Bar Harbor, dans le Maine. Il y a là un autre fou de baleines, un certain Katona, que tout le monde ici tient en grande estime et qui, selon Richard, serait ravi d'avoir un étudiant comme Marek.

Je vois Marek faire des plans. Je l'encourage. Je suis contente pour lui.

Mais, en même temps, je ne peux empêcher une petite voix désagréable, au fond de moi, répéter, avec de plus en plus d'insistance: «Et moi, et moi, et moi?»

Et moi, qu'est-ce qui va m'arriver? Et moi, vas-tu m'oublier? Et moi, je vais faire quoi, pendant ce temps-là?

J'ai l'impression d'être laissée pour compte. Et je n'aime pas ça.

Oh!, et puis, un coup partie, je peux bien dire que ce n'est pas seulement par rapport à Marek que se fait entendre ma petite voix détestable. C'est aussi par rapport à toute cette histoire de passion.

J'ai l'impression d'être la seule, ici, qui ne soit pas passionnée par quelque chose. Par les baleines, par la mer, par l'amour... Je veux de la passion, je veux me donner à quelque chose, je veux vivre jusqu'au bout quelque chose qui en vaille la peine. Et, au lieu de ça, je reste toujours à la surface des choses. Je les effleure, je m'y attarde un petit moment puis je passe à autre chose. Je reste collée au sol, à ras de terre, comme... comme un ver de terre.

Ces jours-ci, je m'intéresse aux baleines. Je m'y intéresse vraiment, je crois, et pas juste à cause de Marek (et encore, si on creusait un peu...). Mais je ne leur accorde pas cette attention passionnée, un peu maniaque que leur donnent les autres. J'aime autant ce qui entoure les baleines (le soleil, le vent, la mer, l'espace, le calme) que les baleines elles-mêmes. Et je sais fort bien que je ne passerais pas des mois ou des années à les surveiller afin de percer tous leurs secrets.

Mais qu'est-ce que je fais sur terre, pouvez-vous bien me le dire?

S'il vous plaît, quelqu'un (qui?) donnez-moi de la passion. Au moins un peu. Un tout petit peu. (Comme si «un tout petit peu» de passion, c'était de la passion! Décidément, je devrais me contenter de mon rôle de ver de terre.)

*
* *

Cinq jours, ce n'est jamais bien long, mais c'est encore plus court à Longue-Pointe, même pour les vers de terre. Et même les vers de terre sont tristes d'avoir à partir, je peux en témoigner...

Après le stage, nos plans de vacances étaient restés assez vagues. Il nous restait trois bonnes semaines à passer ensemble, et on avait un peu parlé de revenir à Montréal à bicyclette, ou de revenir jusqu'à Sept-Îles puis de prendre l'avion pour les îles de la Madeleine... En fait, on ne savait pas trop ce qu'on ferait. On attendait de voir... Et, pendant notre trop court séjour à Longue-Pointe, une idée a quand même eu le temps de germer.

«Après tout, la Côte-Nord, ce n'est pas seulement Longue-Pointe et la Station de recherche des îles Mingan inc., ai-je dit un beau matin.

– Non, a admis Marek. C'est aussi Sept-Îles.

– Et Havre-Saint-Pierre.

– Et Mingan.

– Et la Réserve du parc national de l'Archipel-de-Mingan.

– Et Port-Cartier.

– Et Natashquan.

– Et Blanc-Sablon.

– Alouette... On reste dans le coin?

– On reste dans le coin.»

Après avoir consulté une carte, on s'est rendu compte que Port-Cartier ou Blanc-Sablon, ce n'était pas vraiment «dans le coin», mais que, pour ce qui était des autres suggestions, il y avait peut-être de l'avenir. Surtout du côté de la Réserve du parc national de l'Archipel-de-Mingan...

Quelques jours auparavant, on avait rencontré un couple d'Australiens qui, selon leurs propres paroles, venaient de vivre «the very best thing that ever happened to them», autrement dit l'expérience de leur vie, le boutte du boutte, le nirvāna: trois jours de solitude et de vie sauvage sur une des îles de l'archipel, et avec la bénédiction des autorités, par-dessus le marché!

En y repensant, Marek et moi, on s'est mis à rêver.

Une île à nous tout seuls... Ce serait bien, non?

Une fois de plus, nous sommes allés aux renseignements.

*
* *

Demain après-midi, un bateau va nous laisser à l'île Quarry, et il ne viendra nous y reprendre que soixante-douze heures plus tard.

Le ver de terre que je suis a l'impression d'avoir des ailes (très agréable impression, pour un ver de terre)... Étais-je une chenille qui s'ignorait? Serais-je devenue papillon?

Chapitre 14

La première femme étrangère
Et le premier homme inconnu
La première douleur exquise
Et le premier plaisir panique

Paul Éluard
Poésie ininterrompue

Prenez un bout de paradis terrestre, enlevez les pommes et les serpents, ajoutez un soupçon de toundra, quelques grains de sel, un mélange de Robinson Crusoé (sans Vendredi) et d'Adam et Ève (ou d'un autre couple célèbre: Roméo et Juliette, Elizabeth Taylor et Richard Burton, Laurel et Hardy, Suzie

Lambert et Marc Gagnon...), brassez vigou-
reusement, laissez reposer soixante-douze
heures, et vous aurez une petite idée (très
très petite), de ce que nous sommes en train
de vivre, Marek et moi.

C'est la mer, le vent, le ciel et le soleil.

C'est le début et la fin du monde.

C'est aussi un pincement au cœur quand
le bateau nous a laissés dans l'île et a commencé à s'éloigner. C'est l'inquiétude un peu
fiévreuse qui m'a prise à la pensée de ces
trois jours d'intimité parfaite, de ces trois
jours où, peut-être, comme dit Éluard, il y
aurait plaisir panique, il y aurait douleur
exquise...

*
* *

En bons Robinsons que nous sommes,
nous avons d'abord exploré notre île.

Munis du feuillet explicatif remis par les
autorités de la Réserve, nous avons tenté de
reconnaître les caractéristiques de la tour-
bière et celles de la lande du centre de l'île
«dont le paysage évoque la toundra». J'ai toujours aimé le mot «toundra», et je me souviens que, vers l'âge de huit ou neuf ans, je
m'étais bien juré d'aller voir un jour ce que
recouvrait ce mot étrange et si beau. Alors, à

176

défaut de vraie toundra, pourquoi ne pas aller voir de quoi a l'air notre pseudo-toundra... D'après les experts qui ont rédigé le feuillet, c'est un univers fragile, facilement perturbé, et qui abrite des plantes rares telles que la dryade de Drummond (ah oui?) et le cypripède jaune (pourquoi pas?). Heureusement qu'il y a des petits dessins pour nous aider à démêler tout ça!

Au sud de l'île, nous avons découvert de ces formations calcaires particulières aux îles de Mingan, et qu'on appelle des «pots de fleurs». Ce sont des formes sculptées par le vent et la mer, de monumentales figures nées du gel et du dégel. C'est magnifique, fragile, un peu effrayant. En les regardant, je me suis souvenue d'une réflexion qui me venait souvent, quand j'étais petite, à propos d'un arbre, ou d'un bosquet, ou d'un nuage qui se déformait lentement: cela n'a jamais existé ailleurs qu'ici, cela n'existera jamais ailleurs qu'ici, en ce moment. Et, aujourd'hui comme autrefois, j'ai eu le goût de pleurer. Jamais ailleurs, jamais avant, jamais après. Jamais pareil. Jamais comme cela, qui déjà n'est plus pareil. À cause d'un oiseau qui passe, ou d'un tremblement de la lumière, ou de nous qui changeons.

Nous avons monté la tente avant de faire un feu avec le bois tout débité fourni par le Service canadien des parcs (merci, Service canadien des parcs).

«Il ne manque que Sophie et son violoncelle, ai-je fait remarquer au bout de quelques minutes.

— Tu tiendrais vraiment à ce qu'elle soit là?

—Non, mais... violoncelle et feu de camp, ça allait bien ensemble, non?»

Nous avons parlé un peu de Sophie.

«Finalement, Sophie, son histoire avec la musique et avec Julio, c'est aussi une histoire de passion.

— Oui, bien sûr que c'est une passion. Mais pourquoi tu dis "aussi"?»

Alors, après un court silence, et avec beaucoup d'hésitations, je lui ai parlé de mes craintes et de mon presque désespoir lorsque je me suis rendu compte que tout le monde, sauf moi, avait une passion. Je lui ai même parlé de mes idées de ver de terre.

Marek a ri.

«Dans une pièce de Hugo (Victor, de son prénom), il y a un personnage qui se compare à un ver de terre amoureux d'une étoile. Mais c'est bien la première fois que j'entends parler d'une étoile qui se change en ver de terre.

— Ne ris pas.

— Je ne ris pas. Je souris, et encore... Tu sais, je n'ai jamais vraiment pensé à tout ça, mais il me semble que la passion, ça ne se force pas. Je veux dire... ça nous tombe dessus, ça nous enveloppe, ça nous envahit, et tout ce qui nous reste à faire, c'est de nous laisser porter par elle, et d'essayer d'aller encore plus loin... Toi, tu n'as peut-être pas encore trouvé ce qui sera "ta" passion. En attendant, tu cherches, tu découvres des choses...

— En attendant, en attendant... Et je vais attendre jusqu'à quand, à ton avis? Jusqu'à trente ans? Jusqu'à cinquante ans? Jusqu'à quatre-vingt-six ans, pour finalement me rendre compte que ma passion, c'est le macramé ou le bingo? Et si je meurs avant d'avoir trouvé, hein, qu'est-ce que tu en dis?

— J'en dis qu'au moins tu l'auras cherchée.

— *Big deal!*»

Nous sommes restés silencieux un moment. Marek a ajouté une bûche dans le feu. Et puis, la passion m'ayant amenée à penser à l'amour, j'ai demandé, un peu gênée:

«Marek...

— Oui?

— Toute cette année...

— Oui?

— Est-ce que... Enfin, est-ce que tu as pensé à d'autres filles? Je veux dire, as-tu eu, je ne sais pas, moi, as-tu eu du désir pour d'autres filles? As-tu... as-tu embrassé d'autres filles, as-tu couché avec d'autres filles?»

Marek m'a regardée, complètement abasourdi.

«Quoi? Mais non, voyons! Pour que ça arrive, il aurait fallu une certaine... une certaine disponibilité, disons. Il aurait fallu que je ne pense pas à toi, que je ne t'aime pas. Ce n'était pas possible. Tu occupais, tu occupes encore toute la place disponible. C'est tout.»

Merde, ai-je pensé. Merde quoi? Je n'espérais quand même pas qu'il me dise qu'il avait couché avec la moitié de la ville de New York, non? Eh bien, c'est-à-dire que...

À ce moment-là, je me suis rendu compte que ça m'aurait soulagée qu'il me dise qu'il avait pensé à d'autres filles que moi (pas besoin de coucher avec, mais, enfin...). J'aurais pu lui avouer mes pensées inavouables envers François, j'aurais pu lui dire que je m'étais sentie perdue, moi, et troublée par un autre. Mais là... Là, je me sentais juste plus infidèle, plus coupable, plus honteuse, plus hypocrite... Plus ver de terre, quoi.

Quand Marek a rouvert la bouche, ça n'a pas été pour me demander comment, moi, de mon côté, j'avais vécu tous ces mois, mais pour me demander si, ce soir, l'amour à la japonaise, ça me dirait quelque chose.

J'ai feint un enthousiasme que je ne sentais guère.

Oui. Oui, ça me disait quelque chose.

Avant de réintégrer la tente et de passer à l'amour à la japonaise, nous avons éteint le feu très soigneusement.

*
* *

Le lendemain, nous nous sommes éveillés dans un brouillard dense et humide. On n'y voyait pas à trois mètres. C'est bizarre, cette impression d'être dans un nuage égaré.

«Ça fait un peu science-fiction, tu ne trouves pas? m'a demandé Marek, qui trouvait ça plutôt drôle.

— Oui, peut-être, ai-je répondu, moi qui trouvais ça moins drôle. Ne t'éloigne pas, surtout!»

Il ne s'est pas éloigné. Nous avons déjeuné l'un à côté de l'autre, puis nous avons fait un peu d'exploration à l'aveuglette en nous tenant par la main.

J'ai été bien soulagée quand le soleil s'est enfin décidé à se montrer le bout du nez, derrière une île qui est peut-être l'île Niapiskau (selon Marek) ou l'île du Fantôme (selon moi).

«Regarde celle-là, Marek! Et celle-ci!»

Installés précairement sur des rochers surplombant la mer, nous examinions des algues. L'eau était d'une pureté extraordinaire et nous permettait de plonger notre regard jusqu'au fond.

Jamais je n'avais vu des algues «en mouvement». Pour moi, des algues, c'était des choses vaguement écœurantes, brunâtres et visqueuses, que je contournais avec dédain quand j'en apercevais sur la plage, rejetées là en tas par la mer.

Mais à présent, fascinée, je les regardais onduler dans l'eau, je notais leurs différences, leurs nuances, je m'émerveillais de leur diversité.

«Ça s'appelle comment, ces petites boules? ai-je demandé à Marek. Tu le sais?»

Il ne le savait pas. Pas plus qu'il ne savait comment se reproduisent les algues, ni comment elles se nourrissent.

«Dis donc, Cass, a-t-il fini par me dire, toi qui te cherches une passion, tu pourrais consacrer ta vie aux algues. Devenir une algologiste ou quelque chose comme ça.»

Algologiste. Le mot est bizarre, et ça m'étonnerait que le métier existe, mais pourquoi pas?

*
* *

Le deuxième soir. Un soir paresseux. Paresseux et frisquet. D'où un autre feu. Toujours pas de violoncelle, mais des tas d'étoiles au-dessus de nos têtes.

Marek et moi, on ne parlait pas beaucoup. Mais on se touchait beaucoup. Après tout, l'amour à la japonaise, ça ne se fait pas obligatoirement dans une tente. Sa peau sentait bon. Un peu le sel, un peu la sueur, beaucoup lui.

«Tu sens bon.»

On l'a dit en même temps, et ça nous a fait rire.

«Tu goûtes bon.

– Ah oui?

– Oui. Ici. Et ici. Et là.»

Ça, c'était respectivement mon poignet, mon cou et l'arrière de mon genou, dans le creux, et en remontant vers la cuisse.

«Oh.»

Et là, insensiblement, nous sommes pas-
sés de l'amour à la japonaise à quelque chose
qui était à la fois plus grave, plus doux, plus
profond, plus nous.

«Je te fais mal?»

Oui, non, ça n'avait aucune importance,
et c'est ce que je lui ai dit.

*
* *

Je ne me suis pas évanouie, je n'ai pas
hurlé de plaisir, je ne suis pas devenue complètement hystérique.

«Tu crois que je suis normale? ai-je demandé à Marek.

— Je crois que tu n'es pas normale du
tout. Je crois même que tu es tout à fait
anormale et extraordinaire. Ça te va comme
réponse?»

Je ne savais pas trop comment l'inter-
préter, mais ça avait l'air gentil. J'ai dit que
ça m'allait.

*
* *

Plus tard, une fois dans la tente, à cause
du temps frisquet qui devenait carrément
froid (l'amour a beau nous tenir au chaud, il

y a des limites), je me suis dit que tout ça était bien agréable, et je me suis demandé pourquoi ça avait pris tant de temps, et pourquoi ça avait été si difficile d'en arriver là.

Mais peut-être que c'était si bon maintenant justement parce que ça avait été difficile... Comment savoir?

*
* *

Beaucoup plus tard, au moment où j'ai décidé de ne même plus essayer de combattre le sommeil, j'ai eu la vision d'une baleine à queue dentelée en train de rôder dans les parages. À moitié endormie, j'ai grommelé en direction de Marek:

«Ce serait bien que Cassiopée soit dans le coin, cette nuit.»

Pour tout commentaire, je n'ai obtenu qu'une espèce de râle qui était sans doute un ronflement.

*
* *

«On est plus beaux qu'avant, tu ne trouves pas? ai-je demandé à Marek le lendemain matin.

– Eh bien, disons que tu es plutôt échevelée et que ça ne te va pas trop mal...»

Je lui ai tiré la langue, et nous avons éclaté de rire en même temps.

Je ne sais pas si on était vraiment plus beaux, mais une chose est sûre, on était de meilleure humeur. On n'arrêtait pas de rire et de se taquiner (et de se livrer à des ébats joyeux un peu partout dans l'île – eh oui! en plein jour et en plein air).

«J'ai trouvé, a d'ailleurs déclaré Marek à la fin de la journée. Ce qui nous bloquait, c'était les espaces clos. On a besoin de l'air libre, nous, pour être bien. C'est tout.

– Ça va être pratique en plein mois de janvier...

– De toute façon, en janvier, on ne se voit pas.

– C'est censé me remonter le moral, ça?»

*
* *

Mais toute bonne chose a une fin, paraît-il, et le bateau qui devait venir nous chercher ne nous a malheureusement pas oubliés. Nous avons quitté notre île à regret, la gorge serrée et les yeux brumeux.

Une fois à terre, j'ai dit à Marek que je voulais acheter une carte postale.

«Pour qui?

– Pour Suzie.»

Et sur la carte postale, quand on a fini par trouver des cartes postales, je n'ai écrit que quelques mots: «Finalement, ce que ça nous prenait, c'était une île déserte...»

Je n'ai même pas signé.

Chapitre 15

je ne sais plus très bien ce que j'attends de moi
ou qui j'attends
mais je sais que la terre s'égare sous mes pas

Marie Savard
Sur l'air d'Iphigénie

Si la vie était un roman, mon histoire s'arrêterait là, sur la carte postale envoyée à Suzie, ou sur le sourire esquissé par Suzie au moment où elle lira cette carte.

Et ainsi la boucle serait bouclée, entre une île et une autre île, entre un été et un autre été, entre les baleines musicales de Michel Rivard et la baleine Cassiopée qui est peut-être passée du côté de l'île Quarry, une nuit, à l'insu de tous, pour que se trouvent réunies, une fois, une seule et belle fois, les trois Cassiopée – celle du ciel, celle de la mer et celle de la terre (moi!), dont le corps s'ouvrait pour la première fois sous le corps de Marek.

J'aime cette image. J'aime croire en cette constellation verticale formée par les trois Cassiopée, en cette union mystérieuse de la nuit, de la mer, du ciel et d'une fille pourtant bien ordinaire.

Mais la vie n'est pas un roman. Les boucles ont tendance à se défaire, à traîner comme des lacets mal noués. Et moi, j'ai une fâcheuse tendance à m'enfarger dans ces petits bouts qui dépassent un peu partout.

Tout ça pour dire que...

*
* *

Qu'en sortant du magasin de souvenirs, ma carte postale à la main, je suis tombée sur François. François Corriveau.

La surprise m'a à peu près tout coupé: la voix, le souffle, les bras et les jambes. La surprise, oui, et aussi une curieuse sensation au niveau de l'estomac. Je suis restée dans le cadre de porte, immobile, muette, les yeux ronds et les jambes molles. Je sentais la présence de Marek, juste derrière moi, et son incompréhension profonde (et bien naturelle) de la situation.

«Qu'est-ce... qu'est-ce que tu fais là?» ai-je fini par articuler d'une voix qui semblait venir d'ailleurs.

François a porté son regard sur Marek, rapidement, avant de répondre.

«Je suis venu te voir.»

J'aurais voulu sortir de la torpeur stupéfiée où j'étais. J'aurais voulu prendre un ton enjoué pour répondre. J'aurais voulu dire «Ah oui? Quelle bonne idée! Permets-moi de te présenter Marek...» J'aurais voulu prendre tout ça à la légère, comme quelque chose de tout à fait normal, comme une visite d'un copain à une copine. On voit ça tous les jours, non?

Mais j'étais incapable de prendre ça à la légère, incapable de trouver ça normal.

J'étais déboussolée, bouleversée, et furieuse.

Furieuse contre François, qui débarquait comme ça sans crier gare et qui venait tout chambouler. Furieuse contre Marek, qui restait planté là sans rien dire. Et surtout furieuse contre moi, qui n'avais pas osé parler de François à Marek, moi qui me laissais troubler par si peu, moi qui me sentais coupable sans même savoir auprès de qui je devais m'excuser.

«T'as fait je ne sais trop combien de kilomètres juste pour venir me voir?

— Oui.

— T'es venu au beau milieu de rien, en pleine Côte-Nord, juste pour me voir?

— Oui.

— Mais t'aimes même pas ça, la campagne!!!»

J'ai hurlé ma dernière phrase. Je pense que je voulais l'assommer avec, lui faire tourner les talons et le faire disparaître.

«Non, mais toi, je t'aime.»

Tout pour arranger les choses, quoi.

«La dernière fois, tu disais que tu ne savais pas si tu m'aimais.

— Disons que je suis un peu plus fixé maintenant.»

De mieux en mieux. Et, avec tout ça, Marek qui continuait à se taire. Je l'ai regardé. Il était pétrifié. Blanc, figé, complètement perdu.

«Je ne comprends pas, a-t-il fini par murmurer. Ou plutôt si, j'ai bien peur de comprendre. Mais...»

Il n'a pas terminé. Il a avalé sa salive, il a passé une main sur ses yeux, il s'est tourné vers moi et il m'a fait un sourire très triste.

«Pourquoi tu ne m'en as pas parlé?»

Bonne question, ça, pourquoi je ne lui en avais pas parlé. Moi-même je n'arrêtais pas de me la poser.

«Je n'ai pas osé. Peut-être que je ne voulais pas te faire de peine. Peut-être... peut-être que, dans le fond, je ne savais même pas quoi dire.»

Il a digéré ça un moment avant de poursuivre.

«Et quand, dans tes lettres, j'ai senti comme un éloignement, c'était à cause de... de...»

Il a eu un geste vers François.

«De François, oui.

— Et si... François... Si François n'était pas venu, il se serait passé quoi? On aurait continué encore quinze jours ensemble, on aurait fait l'amour encore quelques fois, et puis tu serais rentrée à Montréal, tu aurais retrouvé François et tu aurais passé le restant de l'année en sa compagnie?»

François était lui aussi immobile. Et très attentif.

«Je... je ne crois pas.

— Tu ne *crois* pas?

— Je ne sais pas.»

Je n'osais les regarder ni l'un ni l'autre. Nous sommes restés un moment silencieux, tous les trois. Silencieux, immobiles, de vraies statues.

Soudain, j'en ai eu assez de ce silence, de cette immobilité, de cette attente un peu absurde dans laquelle nous étions tous plongés. Il fallait réagir, agir, faire quelque chose! Pas rester là plantés comme des piquets.

«Mais faites quelque chose, bordel! Battez-vous, ou battez-moi, ou cassez quelque chose! N'importe quoi, mais quelque chose!»

Ils n'ont toujours pas réagi, et je les ai enfin regardés tous les deux, à tour de rôle, si différents et si semblables. Tous les deux malheureux, tous les deux «en attente». Je les aimais tous les deux. Je ne les aimais ni l'un ni l'autre. Je ne savais pas.

J'ai senti la colère m'abandonner. À présent, j'étais juste fatiguée. Fatiguée et étrangement détachée.

«Écoutez. Ça n'a pas d'allure comme situation. Faites quelque chose. Décidez quelque chose. Tirez-moi à pile ou face s'il le faut, mais qu'on en finisse une fois pour toutes.»

Puis je me suis éloignée vers la plage, bien décidée à attendre que tout ça se passe. Sans moi, de préférence.

*
* *

Évidemment, mes deux soupirants ne m'ont pas laissée partir comme ça.

«Ce n'est pas à nous de...», a commencé François.

«Il n'y a que toi qui...», disait au même moment Marek.

Et ils se sont tus en même temps, un peu embarrassés, chacun laissant à l'autre l'occasion de continuer.

J'ai failli rire, tellement c'était ridicule de les voir ainsi, prévenants, polis, bien élevés.

«Il n'y en a pas un de vous deux qui pourrait être odieux? ai-je fini par demander. Odieux, désagréable, déplaisant. Ça me faciliterait beaucoup la tâche.»

Mais aucun des deux ne semblait disposé à me faciliter la tâche.

«On ne va quand même pas se mettre à jouer *Jules et Jim*, version Côte-Nord!»

Marek n'avait jamais vu le film, alors François et moi on le lui a raconté.

«Je vous le dis tout de suite, ai-je tenu à préciser en terminant, je n'ai pas du tout l'intention de me prendre pour la Catherine du film.»

Tout le monde est resté pensif un moment.

Puis François a repris la parole.

«Sans aller jusque-là, a-t-il dit, sans aller jusqu'aux relations plutôt fluctuantes du film, on pourrait peut-être... Je veux dire, on pourrait peut-être tout mettre sur *hold* pour le moment. Passer de bons moments tous les trois, en amis, en copains, attendre que la situation se tasse un peu et nous apparaisse plus claire.»

Marek n'avait pas l'air enchanté (il faut dire que, dans cette histoire, c'était plutôt lui le «perdant»). Mais il n'a rien dit.

Moi, ça faisait un peu mon affaire, de ne pas avoir à prendre de décision tout de suite, de revenir à un semblant de normalité, d'oublier tout ça pour l'instant.

J'ai dit que j'étais d'accord.

Marek a haussé les épaules.

C'était décidé.

Chapitre 16

Et voilà pourquoi, depuis trois jours, on fait tout à trois. Sauf l'amour, qu'on ne fait pas du tout. Je suis tout aussi incapable de le faire avec les deux à la fois que de le faire en alternant. Alors on reste très chastes et très copains. C'est tout à fait insupportable, et je me demande combien de temps va durer cette neutralité factice.

Je me torture l'esprit pour savoir de qui je suis amoureuse. De Marek ou de François? De mon Polonais exotique, sombre, romantique et lointain, qui me prend pour une étoile et avec qui j'ai vécu de si beaux moments, avec qui j'ai vécu tant de «premières fois»? Ou de mon presque voisin, mon beau presque voisin, fonceur et exubérant, qui me connaît mieux que moi-même, qui veut changer le monde et qui a l'avantage d'être souvent présent?

Je ne sais pas, je ne veux pas savoir, et, ne sachant pas, je m'arrange pour les «favoriser» également l'un et l'autre. Quand je souris à l'un, je souris ensuite à l'autre. Si je parle à l'un, je m'arrange pour parler à l'autre tout de suite après. Je partage également mon temps et mes attentions entre les deux, ou alors je reste à mi-chemin, la tête d'un côté, les pieds de l'autre, le cœur qui oscille entre les deux. J'ai l'impression d'être écartelée, physiquement et mentalement, et je n'aime pas ça du tout.

Il va falloir qu'il se passe quelque chose.

*
* *

Il s'est passé quelque chose. Quelque chose dont je ne suis pas particulièrement fière, mais quelque chose quand même.

J'ai bu. Je me suis soûlée comme jamais je n'aurais cru possible. J'ai été malade comme jamais je n'aurais cru possible. Et, bizarrement, ça m'a clarifié les idées (après, parce que, pendant, je dois dire que tout était assez brumeux)...

Hier soir, Marek est allé acheter de la bière, lui qui a presque l'âge requis pour le faire, et nous nous sommes mis à boire tous les trois, même moi qui pourtant déteste la bière. Les premières gorgées ont été atroces, mais, après, ça s'est mis à couler tout seul. À un moment donné, je me suis rendu compte que, pour la première fois depuis des jours, je me sentais à l'aise. À l'aise, pétillante et plutôt audacieuse. J'étais bien, entre mes deux gars. Je me souviens de les avoir touchés à tour de rôle, d'avoir embrassé Marek, puis François, de m'être dit que j'étais folle de vouloir choisir à tout prix, que, puisque j'avais la chance d'avoir deux chums, il fallait en profiter. Et pourquoi pas tout de suite?

J'ai continué à boire. Je me suis collée contre Marek, qui s'est laissé faire. J'ai fait signe à François de venir nous rejoindre, et il s'est approché.

«Allez, profites-en toi aussi. Depuis le temps que tu en as envie.»

J'avais la voix un peu pâteuse, mais c'était bien le dernier de mes soucis.

«Arrête, Cass, pendant qu'il est encore temps. Ne fais pas des choses que tu pourrais regretter.

– Oh la la! quel sérieux! Et moi qui te croyais drôle... Tu es sûr que tu veux que j'arrête? Tu es sûr que tu ne veux pas en voir un peu plus long?»

Là, s'il ne m'avait pas arrêtée, je crois bien que je leur faisais un strip-tease.

«Ça suffit, Cass! Tu es ridicule.

— Ah oui? Je suis ridicule? Eh bien, tu vas voir ce que tu vas voir...»

J'ai pris une autre bière, j'en ai vidé la moitié d'un coup, je me suis tournée vers les garçons, François qui avait l'air méchant et Marek qui avait l'air catastrophé, et... Et tout a commencé à tourner.

Le moment d'avant, je me sentais bien, je me sentais en forme, j'aurais pu conquérir le monde. Trente secondes plus tard, tout s'est mis à bouger en même temps, autour de moi et en moi.

«Je... je crois que je vais être malade», ai-je réussi à balbutier avant de m'allonger par terre, très très doucement.

J'étais étendue sur le dos, immobile, bras et jambes arrimés au sol, et je me disais que ça finirait peut-être par passer, si je ne bougeais pas trop, si je restais là, si j'attendais un peu...

«Ça tourne...

— Vomis un bon coup, m'a conseillé François. Ça devrait te faire du bien.

— Mais je ne veux pas... Je... (Je me suis mise à pleurer.) Je voudrais mourir!»

Mais je ne suis pas morte. Je me suis seulement mise à vomir, vomir et vomir encore. Tout y est passé, mes bières, puis mon souper, puis mon dîner, puis une bile aigre qui avait du mal à sortir. J'avais l'impression de me vider corps et âme. Vomir à rendre l'âme: ce serait une bonne façon de décrire les choses.

Ça a duré longtemps. Et, tout ce temps, François est resté à côté de moi, à me soutenir la tête, à me passer de l'eau dans la figure, à m'essuyer le cou et les mains. Je ne sais pas où était Marek, ni ce qu'il faisait.

Quand ça a été fini (oui, ça a fini par finir), quand je n'ai plus rien eu à rendre, je me suis traînée jusqu'à la tente avec l'aide de François (je me sentais faible, faible...). Je me suis couchée tout habillée, et je suis tombée endormie tout de suite.

*
* *

Le lendemain (ce matin), je n'étais pas particulièrement brillante quand je me suis levée, mais j'étais vivante, à peu près intacte... et très gênée.

«Bonjour, ai-je murmuré du côté des garçons, qui étaient assis à quelques mètres de la tente, face à la mer.

– Bonjour, a répondu Marek, lui aussi très gêné.

– Ça va mieux? a demandé François, très à l'aise.

– Oui, je crois. Un peu flageolante, mais...»

François a ri.

«Oui, je sais. Plutôt atroce comme sensation, non?

– Ça t'est déjà arrivé?

– Eh oui... Et pas juste une fois.»

Je lui ai souri de loin (je puais comme c'est pas permis), et j'ai fait une longue trempette dans la mer (ah! écarter de moi ces odeurs écœurantes!).

*
* *

Après le déjeuner, j'ai dit aux deux gars:

«Messieurs, j'ai besoin de réfléchir. Donnez-moi vingt-quatre heures de liberté, et on se retrouve ici à neuf heures demain matin. Ça vous va?»

De toute façon, ils n'avaient pas tellement le choix. Je suis partie avec une des tentes, que j'ai traînée sur quelques centaines de mètres le long de la plage. Je me suis installée dans un petit coin tranquille. Et j'ai pensé.

J'ai pensé à ces paroles que François m'avait dites, quelques semaines auparavant. «Tu veux que tout le monde t'aime, tu fais tout pour ça, mais après tu te sauves en courant» (ou quelque chose dans ce genre-là). Aujourd'hui, je comprenais enfin qu'il avait raison, François. Je voulais que tout le monde m'aime. J'aimais ça qu'on m'aime. J'étais flattée de l'intérêt que me portaient François et Marek. À vrai dire, au printemps, j'étais bien. J'avais un amoureux transi au loin, pour les rêves et les sentiments enflammés (c'est facile, de loin). Et un autre près de moi, avec lequel il ne se passait rien (oh non!), mais qui servait à me remonter le moral au jour le jour, qui me permettait de me sentir intéressante et attirante.

Au fond (autant essayer de suivre la vérité jusqu'au bout), je voulais tout, mais je ne donnais rien (aïe! c'est difficile à avouer, ça). Je voulais tout, mais de loin, sans m'engager à fond, sans trop me compromettre. À la surface des choses, comme toujours.

Mais ça ne pouvait pas durer toujours (à preuve, les derniers jours, sinon les dernières semaines). À un moment donné, tout ça ne pouvait que s'effondrer, les différents morceaux de mon petit univers ne pouvaient que s'entrechoquer, se heurter, s'affronter jusqu'à ce que quelque chose arrive. Non, pas jusqu'à ce que quelque chose arrive. Jusqu'à ce que moi je décide quelque chose.

Parce que tout est là, dans le fond. Il faut que je choisisse, il faut que je prenne une décision, il faut que je regarde au fond de moi et que je sache enfin ce que je veux. Jusqu'ici, j'ai laissé les choses choisir à ma place, ou les autres. «Tirez-moi à pile ou face», ai-je dit à Marek et François. J'aurais été bien soulagée qu'ils prennent une décision pour moi, n'importe laquelle. Je n'aurais été responsable de rien, et surtout pas de la peine que ressentira forcément l'un des deux. Ni responsable, ni coupable. La conscience en paix.

Choisir. Se tromper. Assumer ses responsabilités. Faire face. Je suppose que c'est ça que ça veut dire, grandir.

Mais pourquoi faut-il que ce soit si difficile?

*
*   *

Marek et François m'attendaient comme prévu.

«François, s'il te plaît, pourrais-tu nous laisser pour quelques heures, Marek et moi? Tu pourrais revenir vers midi...

Il m'a regardée. Il a regardé Marek. Il a hoché la tête.

«Je vais vous laisser toute la journée. Si je revenais vers cinq heures, ça irait?

– Ça irait.»

*
* *

J'avais beau savoir ce que je voulais dire, j'avais beau avoir réfléchi à la meilleure façon de le dire, ça restait difficile. Difficile et douloureux. Finalement, c'est Marek qui l'a dit le premier.

«C'est François, n'est-ce pas?»

Sa voix était plus rauque que d'habitude.

J'ai dit oui, très doucement, et en le regardant bien en face.

«Je suppose que c'est plus facile comme ça, a commencé Marek. Plus pratique...

– Pas vraiment...»

Marek a eu l'air étonné, et j'ai essayé d'expliquer.

«Ça a l'air plus facile. François et moi on habite la même ville, le même quartier, on va à la même école... Forcément, c'est plus facile de se voir, d'être ensemble. Ça ne veut pas dire que c'est plus facile de s'aimer. Pour la plupart des gens peut-être que oui, mais pour moi, qui ai plutôt tendance à favoriser les rêves et à fuir la réalité... eh bien, un amour lointain, un amour que j'idéalisais et qui m'idéalisait, ça faisait plutôt mon affaire. Je... je m'excuse, Marek. Je t'aime beaucoup, je pensais que je t'aimais d'amour, mais je me trompais. Et je te trompais. Je t'aimais de loin, je t'aimais dans mes rêves, dans mes souvenirs, dans tout ce qui n'est peut-être que du vent.

— Adieu, le rêve. Réalité, me voici! a dit Marek d'une voix amère.

— Réalité, me voici, oui. Mais pas vraiment adieu le rêve. Avec François, c'est un autre genre de rêve. Un rêve ancré dans la réalité. Un rêve qui change, qui grandit, qui prend forme au jour le jour...

— Arrête!» a dit Marek avant de se mettre à pleurer.

Il pleurait mal, avec des soubresauts de tout le corps, des sanglots étranglés et des tics qui lui déformaient la bouche.

Je me suis approchée. J'ai mis mes bras autour de lui et je l'ai serré fort. Je pleurais moi aussi.

«Je ne sais pas ce que ça va donner, François et moi. Je sais que ça va être dur. Je sais qu'on va avoir à bâtir notre amour jour après jour, dans les grandes et les petites choses. Je sais que je ne vais pas changer du jour au lendemain et que je vais prendre peur souvent, que je vais vouloir tout laisser tomber et me réfugier dans mon monde fermé et

rassurant. Mais je sais aussi que j'ai le goût de
cette aventure à deux, que j'ai le goût de
vivre ça avec François.

— C'est un chic type, a murmuré Marek.
J'aimerais bien dire et croire que c'est un
salaud, mais ce n'est pas vrai.

— Je sais... Et toi aussi tu es un chic type,
un garçon merveilleux. Tu sais, jamais... jamais je n'oublierai ce qu'on a vécu ensemble.
C'était beau, et c'était grand, et...

— J'aimerais mieux qu'on n'en parle pas.»
Je me suis tue. J'ai continué à pleurer doucement. J'ai continué à le serrer fort dans mes
bras.

Un peu plus tard, tout naturellement, on
a fait l'amour une dernière fois. C'était doux,
lent et déchirant. C'était aussi très pur. Je ne
crois pas que François puisse se sentir lésé ou
trahi.

Après, nous sommes entrés dans la mer,
nous nous sommes copieusement aspergés
l'un l'autre, et nous avons enfin été capables
de sourire.

*
* *

«Je vais partir, a dit Marek après s'être
séché.

— Tu vas aller où?

– Je ne sais pas encore. Je ne peux pas dire que ça me préoccupe beaucoup.

– Tu ne vas pas faire de bêtises, au moins?»

Il a souri, il a fait non de la tête, il m'a ébouriffé les cheveux.

«Je t'écrirai, un jour...»

J'ai hoché la tête. J'étais incapable de parler.

*
* *

Je me suis éloignée pendant qu'il faisait ses bagages, qu'il pliait sa tente. Je ne sais pas trop ce que j'aurais fait là.

Quand il a été prêt à partir, il m'a appelée. Nous nous sommes regardés en silence un moment, les larmes aux yeux. L'espace d'un instant, j'ai paniqué. Qu'est-ce que j'étais en train de faire? Qu'est-ce que j'étais en train de nous faire? Si je voulais, je... Il était encore temps!

Mais le moment de panique a passé, et je n'ai rien dit.

Nous ne nous sommes pas touchés, même pas du bout des doigts.

Il est monté sur sa bicyclette.

Il m'a fait un signe de la main.

Il est parti.

*
* *

Et moi j'attends. Une fois de plus, mais pas de la même façon.

Il est presque cinq heures. François devrait arriver d'une minute à l'autre.

Je n'ai pas la moindre idée de ce qui va nous arriver.

Sources

p. 15 Marie Uguay, «Signe et Rumeur», in *Poèmes*, Saint-Lambert, Éditions du Noroît, 1986, p. 47.

p. 29 Paul Éluard, «Poèmes pour la paix (1918)», in *Poésie 1913-1926*, Paris, Gallimard, coll. Poésie/Gallimard, 1968 et 1971, p. 51.

p. 30 («J'étais loin...») Paul Éluard, «Ailleurs ici partout», in *Poésie ininterrompue*, Paris, Gallimard, coll. Poésie/Gallimard, 1946 et 1953, p. 106.

(«Le front aux vitres...») Paul Éluard, *L'Amour la Poésie*, Paris, Gallimard, 1929.

p. 51 («Le mal, lui aussi...») Stanisław Jerzy Lec, cité par Czeslaw Milosc in *Histoire de la* littérature polonaise, Paris, Fayard, 1986, p. 706.

p. 73 («Je suis né là-bas...») Bogdan Czay-kowski, cité par Czeslaw Milosc in Histoire de la littérature polonaise, Paris, Fayard, 1986, p. 720.

p. 96 («on est revenu à pied») Jacques Prévert, «En sortant de l'école», in Histoires, Paris, Gallimard, 1963.

p. 113-114 Gaston Miron, «La Marche à l'amour», in L'Homme rapaillé, Montréal, Presses de l'Université de Montréal, 1970, p. 38 et 41.

p. 123 Gatien Lapointe, «Ode au Saint-Laurent», cité in La Poésie québécoise contemporaine, anthologie présentée par Jean Royer, Montréal/Paris, l'Hexagone/La Découverte, 1987, p. 104.

p. 175 Paul Éluard, Poésie ininterrompue, Paris, Gallimard, coll. Poésie/Gallimard, 1946 et 1953, p. 21.

p. 189 Marie Savard, «Sur l'air d'Iphigénie», citée in La Poésie québécoise contemporaine, anthologie présentée par Jean Royer, Montréal/Paris, l'Hexagone/La Découverte, 1987, p. 125.

DANS LA MÊME COLLECTION

Contes pour tous

À partir de 8 ans

À *partir de 14 ans*